5分シリーズ

エブリスタ 編

5分後に感動のラスト

Hand picked 5 minute short,
Literary gems to move and inspire you

河出書房新社

目次
Contents

［カバーイラスト］ajimita

エブリスタ × 河出書房新社

［ 5分後に感動のラスト ］

Hand picked 5 minute short,
Literary gems to move and inspire you

ぼくが欲しかったもの。

川崎かなれ

幼いころから、ずっと家のなかにひとりぼっちだった。

両親はつねに忙《いそが》しく、家族でどこかに出かけた記憶《きおく》もない。

だから、いつだってやさしい声で「おかえり」って出迎《でむか》えてもらえる、そんな暮らしを送りたいと思った。

専業主婦の奥《おく》さんとのあいだに子どもを授かって、あたたかな家庭をつくる。

そのことだけを夢見て、ぼくは生きてきた。


「こういうことはね、結婚《けっこん》前にきちんとしておくべきなのよ」

母の苦言に、俄《にわか》に眉《まゆ》を顰《ひそ》める。

社会人になって三年目の夏。上司に勧《すす》められたお見合いの席で、運よく良縁《りょうえん》に恵《めぐ》まれることができた。専業主婦を希望する彼女とのあいだで話はとんとん拍子《びょうし》に進み、冬には式を挙げることになった。

「いまは昔と違《ちが》って、結婚前にブライダルチェックをするのが常識なのよ」

頑《かたく》なに主張する母を疎《うと》ましく思いながらも、根負けして検査を受けることを決めた。彼女だけに受けさせるのは失礼に当たる。そう思い、自分もいっしょに受診《じゅしん》した。

軽い気持ちで受けた検査だったけれど、『問題ありませんよ』といわれた彼女が心底ホッとした顔をするのを見たとき、無性に愛《いと》しさが込《こ》みあげてきた。彼女とともにあたたかな家庭をつくれるのだと思うと、うれしくてたまらなかった。

だから、その次の瞬間《しゅんかん》いわれた言葉に、ぼくはしばらくのあいだ、なんの反応も示すことができなかった。

『非閉塞《へいそく》性無精子症《しょう》』

生まれてはじめて聞くその病名が、彼女との婚約を一瞬にして白紙に戻《もど》してしまった。

あれから一週間。睡眠《すいみん》不足がつづき、仕事でミスを連発しつづけた。

これ以上、周囲に迷惑《めいわく》をかけるわけにはいかない。就職以来はじめて、ぼくは有給休暇《きゅうか》をとった。

休みをとったものの、することなんか何もない。いままでのぼくの人生は、『あたたかな家庭』を手に入れるためだけに存在していたのだ。

高校入試も、大学入試も、公務員試験も。そのためだけに、ひたすら頑張りつづけてきた。

それなのに――。

母に気遣《きづか》われるのがいたたまれなくて、とりあえず家の外に出てみた。出たところで、行く場所なんてない。気づけば出勤時と同じように最寄《もよ》り駅に向かっていた。

通勤時にはシャッターの下りている商店街が、どの店も営業をしている。八百屋に花屋、肉屋にパン屋、なんだかすこし新鮮《しんせん》だ。

クリーニング屋の脇《わき》に、ちいさな煙草屋《たばこ》がある。ぼくが子どものころから、ずっとやっている店だ。

「煙草なんて、吸おうと思ったこともないけどな」

よい父親になるには、いつかやめなくてはならない日がくる。それなら最初から吸わないほうがいいと、ずっとそう思っていた。

もう、そんなふうに思う必要もないのだ。そう思うと、自然と足がその店に向かった。

父が吸っているのと同じ銘柄《めいがら》の煙草とライターを買って、パッケージから一本取りだして咥《くわ》えてみる。

火のつけ方がわからずしばらく苦戦して、ようやく点《つ》いたと思ったら、思いっきりむせた。

「っ――」

苦しさに涙目《なみだめ》になりながら、煙草を店の前の灰皿に押《お》しつける。

慣れないことはするもんじゃない。そう思い、残りの煙草をスーパーの隣《となり》の公園で眠るホームレスの足元にそっと置いた。

ふたたび駅へと向かう道を歩く。家を出て三つ目の信号で、いつも引っかかる。きょうも同じように引っかかって、『あの店』から香《こう》ばしい匂《にお》いが漂《ただよ》ってきた。自家焙煎《ばいせん》の看板を掲《かか》げた、ちいさな珈琲《コーヒー》店。喫茶《きっさ》店でもカフェでもない、すこし入りづらそうな店構えの店だ。

いつもすこしだけ気になって、けれども立ち寄る余裕《よゆう》なんてなかった。誰《だれ》よりもはやく結婚したかったし、子どもを持ちたかった。マイホームの頭金をつくるため、できるかぎり無駄《むだ》なお金は使いたくなかったのだ。

「高いんだろうな」

コンビニのペットボトルのお茶すら買うのをためらい、水筒《すいとう》にお茶を詰《つ》めて持ち歩くぼくには、一杯《いっぱい》の珈琲に何百円もかけるひとの気持ちが、正直よくわからない。よくわからない、けれど……。たぶん、ずっと気になっていたのだ。そんな対価を支払《しはら》ってもいいと思えるほどおいしい飲み物が世の中にはあるのだろうかと。

香りにつられるように、その店の引き戸を開ける。

珍《めずら》しいつくりの店だ。古い民家を改築したのだろう。すりガラスに覆《おお》われた引き戸の先に、カウンター席だけのちいさな店が広がっている。

「いらっしゃい」

ちいさく流れるジャズピアノの音色。カウンターのなかの店主がしわがれた声でいう。

白髪《しらが》頭に無精ひげを蓄《たくわ》えた六十代半ばと思《おぼ》しき男性だ。着古したダンガリーシャツに、ゆったりとしたシルエットのペインターパンツ。老眼鏡だろうか。セルフレームの眼鏡《めがね》をずらし気味にかけている。

店内には、ほかに誰もお客さんがいなかった。モーニングにはすこし遅《おそ》いし、ランチにはまだ早い。中途半端《ちゅうとはんぱ》な時間のせいだろう。

「いい香りですね」

店内を満たす、深みのある珈琲の薫《かお》り。店の外で香ったとき以上に、こっくりした甘《あま》さを感じる。

「珈琲が好きかい」

「いえ、ゆっくり味わう暇もなくて。いつか余裕ができたら、嗜《たしな》みたいと思っていました」

どんなものを飲んだらいいのかわからないのだと、ぼくは正直に告げた。

「いくつか淹《い》れてあげよう。飲みくらべてみるといい」

店主はそういって、わざわざ三種類の豆を挽《ひ》き、一杯ずつ丁寧《ていねい》にドリップしてくれた。

彼の淹れてくれた珈琲は、とてもやわらかな香りがした。

どう表現したらいいのだろう。いままでに嗅《か》いだことのない香りだ。香ばしくて、なめらかで、包み込むようなやさしさに溢《あふ》れている。

ネルのなかで、ハンバーグのようにまぁるく膨《ふく》らむ珈琲粉。琥珀《こはく》色の澄《す》んだ珈琲液が落とされるさまは、まるで手品でも眺《なが》めているようで胸が躍《おど》る。

「珈琲って、こんなふうに淹れるんですね」

「ああ、ネルは手入れが面倒《めんどう》だし、最近は減ってきているみたいだがね」

ペーパーフィルターやプレスで淹れるより、まろやかな味わいに仕上がるのだという。

「注文が入るたびに、毎回豆を挽くんですか」

「挽いたそばから劣化《れっか》しちまうからね。その都度挽いたほうが、香りも味もずっといいんだ。胡椒《こしょう》だってそうだろう。瓶詰《びんづめ》のパウダーより、自分でガリガリやる粗挽《あらび》きのホールタイプのほうが、ずっと旨《うま》い」

カウンターの上の胡椒ミルを指さし、店主はいった。

費用対効果、とか。お客さんが重なったときはどうするのか、とか。こういった店でそういうことを口にするのは、野暮なことなのだろう。

「いただきます」

カップにすこしずつ淹れられた珈琲。深々と頭を下げ、そのうちのひとつを口に運ぶ。ひとつめのカップは、驚《おどろ》くほどさらっとした味がした。

「ん……」

珈琲といえば、苦くてどっしりとした味わいのものだと思っていた。そんなぼくの予想を裏切る軽やかな味だ。すっきりしていて、爽《さわ》やかささえ感じさせる。

「珈琲豆ってのは、もともとは『果実の種』だからね。フルーティな味わいのものもあるんだよ」

豆の種類や精製方法、焙煎の加減、淹れ方によって、さまざまな味わいが生まれるのだという。

「飲みやすくて、とてもおいしいです」

語彙《ごい》の少なさが申し訳ないが、正直に思った通りの言葉を告げた。

「ほかのも、飲んでごらん」

促《うなが》され、今度は真ん中のカップを手にする。とろんとした琥珀色の液体は、さきほどのものより芳醇《ほうじゅん》な香りを漂わせている。ひとくち含《ふく》むと、マイルドなやさしさが口いっぱいに広がった。

「これは……」

チョコレート。そうだ。チョコレートを食べたときのような、とろりとした舌触《したざわ》りだ。どっしりとした味わいに、かすかな甘みを感じさせる。

「チョコみたい、ですね」

健康にいいといって母が買ってきた、高カカオチョコレートの味わいに似ている。

「後味がね、似ているよ。舌のうえに甘みがかすかに残る感じで」

珈琲のプロも、『チョコレートのような』とか、『ワインのような』とか、味や香りを既存《きぞん》の食品になぞらえて表現することがあるそうだ。

「どっしりとしていて、チョコレートよりずっと後に残るだろう」

彼のいうとおり、飲み終えたあとも、その後味はなかなか消えることがない。さっきのフレッシュな珈琲と、同じ飲み物とは思えないほど違いがあるように感じられた。

「最後のこれは……」

色味からして、すこし濃《こ》い焦《こ》げ茶色をしている。とろんと濃厚なそれは、かすかな苦みとつよい酸味を感じさせる、三つのなかでいちばん大人っぽい味のする珈琲だった。

ぼくが思い描《えが》いていた珈琲の味に、とても近い。

ずしりとくるのに、その苦みや酸味が、けっしていやな感じではなく、じわりと胸に沁《し》みこむような絶妙《ぜつみょう》な重さだ。

ひとくち飲み終えたあと、しばらくその余韻《よいん》を楽しむと、また飲みたいと感じる。苦みがあるとわかっているのに、それでも求めずにはいられないのだ。

「それがいちばん気に入ったようだね」

まだなにもいっていないのに。店主はぼくを見て、やんわりとおだやかな笑みを浮《う》かべた。

「そう……ですね。どれもおいしいですが、いまのぼくには、これですね」

ほろ苦くて、重くて、それなのに飲まずにはいられないなんて。なんだかとても、不思議な感じだ。

あっというまに空《から》っぽになったカップに、ふたたび珈琲が注がれる。

「気に入ってもらえてよかったよ」

彼はそういうと、残りのふたつのサーバーをカウンターから下ろした。

「あの、残りは……」

「ああ、気にする必要はない。珈琲ゼリーにするからね」

ドリップした珈琲でつくったゼリーが、お店の看板メニューなのだという。

「このお店、おひとりでされているのですか」

店の外には『ランチ』という張り紙が貼《は》られていた。たったひとりで、店を切り盛りしているのだろうか。

「ああ、ひとりモンだからね。バイトを雇《やと》うほど潤《うるお》っちゃいないし。——私が死んだら、終《しま》いだ」

「す、すみませんっ……」

余計なことをいってしまった。慌《あわ》てて頭を下げたぼくに、彼はおだやかな笑みを向ける。

「悪いなんて、思う必要はないよ。みずから望んで、そういう生き方をしてきた。それを、不幸だと思ったことは一度もないんだ」

「一度も、ご結婚されたことがないんですか」

おそるおそる尋《たず》ねると、彼はなんでもないことのように頷《うなず》いた。

「ないよ」

「寂《さび》しく、ないですか」

思わずそう呟《つぶや》いたぼくに、彼は静かな声音でいう。

「どんな生き方をしたって、最後はひとりだよ。ゲームとは違う。たくさん子どもをつくったから安心、とか、たくさんお金をあつめたから、しあわせ、とか、そんな単純なモンでもないだろう」

子ども。

いま、いちばん耳にしたくない言葉だ。

涙腺《るいせん》が緩《ゆる》んでしまいそうになって、ギュッと唇《くちびる》を噛《か》みしめる。カップを握《にぎ》りしめて俯《うつむ》いたそのとき、引き戸をひらく音が響《ひび》いた。

「いっやー、もう最悪。マスターの珈琲飲まなくちゃ、やってらんないよ」

短く整えられた髪、浅黒く焼けた肌《はだ》。いかにも営業職ふうの背広姿の男が入ってくる。

ぼくと同い年くらいだろうか。慣れたようすでカウンターの一角を陣《じん》取ると、「おひやちょうだい」と店主に催促《さいそく》する。

「はいよ」

手渡《てわた》された水を一気に飲み干すと、ぐったりと彼はカウンターに倒れ込んだ。

「なんにする」

「マスターの淹れたモンなら、なんだっていいよ」

なにかいやなことでもあったのだろうか。不機嫌《ふきげん》そうな顔をした彼は、愚痴《ぐち》をこぼすでもなく、店主が豆を挽き、珈琲をドリップするようすをじっと眺めている。

「俺さぁ、この、珈琲が膨らむとこ見ると、すっごくしあわせな気分になるんだよね。嫌なモン、全部吹《ふ》っ飛ぶっていうかさ」

誰にともなく呟く彼の声に、軽やかなピアノの旋律《せんりつ》が重なった。珈琲のふくよかな香りが店内を満たしてゆく。

「はいよ」

「サンキュ」

差し出されたカップを手にし、口に運ぶと、彼の眉間《みけん》からみるみる皺《しわ》が消えてゆく。

「はぁ……」

満足げなため息を漏《も》らすと、彼はようやくぼくの存在に気づいたかのように、突《とつ》然《ぜん》話しかけてきた。

「なに、おにいさんもサボり？」

同い年くらいかと思っていたが、もしかしたらすこし年下かもしれない。ニッと笑うその顔だちは、かすかにあどけなさを残している。

「え、ああ、有給です」

「いいねぇ、俺も有給、取ってみてぇわ」

彼はそういうと、自動車メーカーのロゴが記された名刺《めいし》を差し出してきた。

「営業のお仕事ですか――大変ですね」

ノルマとか、あるのだろうか。ストレスの原因は、そこにあるのかもしれない。

「まあ、でも好きではじめたことだしね」

にっこり微笑《ほほえ》むと、彼は自分の所有している車について熱心に語りはじめる。

「お兄さんは、なに乗ってんの」

「え、いや。車は……」

結婚して子どもができたら、ワンボックスカーを買うつもりだった。それまでは一円でも多く貯金をしようと、まだ一度も車を購入《こうにゅう》したことがない。無言のままうつむいたぼくに、彼は明るい声音でいった。

「欲しくなったら、いつでもいって。いっぱいサービスするからさ。車のある生活ってやっぱりすごくいいよ。ほら、こうやって休みができたときでもさ、ぶらっと海行ったり、いろいろできるしさ」

「ひとりで海に行って、楽しいかな」

「楽しいよ。ま、この町にも海はあるけどさ、ちょっと足を伸《の》ばして逗子《ずし》方面とかね。夏場と違って134も空《す》いてるし。海沿い走るだけで、しあわせな気持ちになれるよ」

海沿いの道を、ひとりでドライブする。

いままでそんなこと、考えたこともなかった。

「夏場はゴミゴミしてるだけでどうしようもないけど、冬に向けて段々きれいになってくるんだ。帰りは富士山も見えるし、晴れた日なんかは特におすすめだよ」

彼の言葉に、店主がぼそりとツッコミを入れる。

「勤務中に抜《ぬ》け出してんな」

「たまにだよ、たまに。そんくらい息抜きないと、やってらんないじゃん」

いい終わるや否や、カウンターの上に置かれた彼のスマートフォンが震《ふる》えはじめる。くだけた口調から一転、席を立ち、彼はとても丁寧に応対した。

「んじゃ、マスター、ごちそうさん。騒《さわ》がしくして悪かったね。おにいさんもごゆっくり」

通話を終えると、彼はさっきまでのストレスフルな顔立ちがうそのように、にこやかな笑顔で去ってゆく。その姿を見送る店主の横顔が、なぜだかすこし誇《ほこ》らしげに感じられた。

一杯の珈琲が、誰かをしあわせにする。

ひとりのドライブが、しあわせな気持ちをつくる。

そんなちいさな『しあわせ』も、世の中には存在するのだ。そんなことにすら、ぼくはいままで一度も気づけなかった。

「マスター、訊《き》いてよ。町内会の会長さんがねぇ」

ふたたび引き戸が開き、ご婦人方が連れだって入ってくる。彼女たちがカウンター席にずらりと並ぶと、マスターは注文を受ける前から透明《とうめい》なグラスに載《の》った珈琲ゼリーを差し出した。

琥珀色の澄んだゼリーの上に、たっぷりと純白のミルクがかかっている。思わず見惚《みほ》れていると、『にいさんも食べるかい』とマスターに声をかけられた。

「え、ぁ……っ、はい、お願いします」

ゼリーを頬張《ほおば》るたびに、彼女たちは満足げなため息を漏らす。

「これがなかったら、今頃《いまごろ》、絶対に旦那《だんな》と離婚《りこん》してるわ」

「お姑《しゅうとめ》さんになにいわれても、ここに逃《に》げ込んで来ればなんとか我慢《がまん》できるのよねえ」

口々にいいあい、頷きあっている。

スプーンですくって口に運ぶと、つるん、と口のなかに入ってゆく。舌の上で蕩《とろ》けるほろ苦い珈琲の味わいと、やさしい甘さのミルク。絶妙に混じり合うそれは、たまらなくしあわせな気持ちにしてくれた。

「おいしいですね、これ」

「でしょう？　ここの珈琲ゼリー、絶品なのよ！」

マスターよりも先に、ご婦人たちが誇らしげに胸をそらす。

日々の生活のなかで味わう、ささやかな贅沢《ぜいたく》なのだという。どんなにささくれだった気持ちも、この店の珈琲ゼリーがあれば癒《い》されるのだと彼女たちは笑った。

「おお、きょうは賑《にぎ》やかだね」

しわがれた声に振《ふ》りかえると、パジャマ姿の老人が点滴《てんてき》スタンドを手に立っていた。

ちかくの総合病院の入院患者《かんじゃ》なのだろう。手慣れたようすでカウンターに腰《こし》かけ、老眼鏡をかけてスポーツ新聞を広げる。

ふらっとひとりでやってきて、黙々《もくもく》と珈琲を飲んで帰る気難しそうな初老の男性。先刻の彼のように、外回りの仕事を抜けてきたと思《おぼ》しき会社員。

誰もが珈琲を飲み終え、店を出ていくときには和《なご》やかな顔になっている。

マスターに尋ねようと思っていた言葉。訊かなくてもわかる気がした。

きっと彼は、家族がいなくても、ひとりきりでも、この店で皆《みんな》に感謝されながら、しあわせに暮らしている。

自分にも、そんな居場所をつくることができるのだろうか。

もし仮に、この先の長い人生を、ひとりきりで生きることになるとしても。しあわせだと思える生き方を、することができるのだろうか。

きっと……できるんだろうな、と思う。

だってこんなふうに一杯のおいしい珈琲にさえ、満たされた気持ちになることができるのだ。

「ごちそうさまでした」

ランチ目当ての客で混みあいはじめた店内。ぼくはゆっくりと立ちあがる。

「ああ、またいつでもおいで。珈琲の道は、はまりはじめると、とてつもなく深いよ」

一杯ぶんずつ豆を挽き、ネルドリップで丁寧に淹れられる珈琲。

心の底から珈琲を愛しているのだろう。マスターの横顔は、とても満たされたものに感じられた。


店を出てマナーモードにしてあったスマホを取り出すと、数えきれないくらいたくさんのショートメッセージと着信が残されていた。送り主はすべて母親だ。折りかえし電話をかけると、繋《つな》がったそばからヒステリックな声が響く。

「なにか用だった?」

『なにって、あなた、何度かけても電話にでないからっ』

とても心配してくれていたようだ。もしかしたら、自殺でもするんじゃないかって思われていたのかもしれない。

「ごめん、珈琲店に行っていてさ。ほら、スーパーの近くにある。凄《すご》くおいしいんだ。よかったら今度、いっしょに行こう」

受話器の向こう側の彼女が、泣き崩《くず》れる声がきこえてきた。

ああ、そうだ。——ひとりじゃない。

すくなくともいまの自分には、ちゃんと『家族』がいるのだ。

この先、増えることは、ないかもしれないけれど。それでもたいせつな家族がいる。

「あ、ごめん。父さんからキャッチだ。——すぐにかけ直すよ。ちょっと待ってて」

父から電話がかかってくることなんて、いままで一度だってなかった。わざわざ昼休みに電話をかけてくるなんて、もしかしたら、なにか大変なことがあったのかもしれない。そう思い通話ボタンを押すと、厳《いか》めしい父の声がきこえてきた。

『さっきお前のパソコンにメールを送ったんだが、見たか』

「ごめん。出先だからまだ見てないけど」

『きょうの朝刊にな、非閉塞性無精子症でも人工授精できる手法を確立した医療《いりょう》チームの記事が掲載《けいさい》されているんだ』

従前の方法では精子を採取できない患者の精巣から前期精子細胞《さいぼう》を採取し、多数の着床《ちゃくしょう》を成功させているチームがあるのだという。

『その方法なら、お前も自分の子どもを持てる可能性があるかもしれない。それにな、いまは「子どもを望まない者同士の婚活パーティ」だとか、「不妊《ふにん》治療を前提とした婚活パーティ」というのがあるらしくてな。病気を負い目に感じることなく、パートナーを探すことができるらしいんだ』

わざわざそんなことを調べてくれたのだろうか。仕事で忙しく、それこそ普段《ふだん》は一週間以上、口をきかないことだってあるというのに……。

「――ありがとう」

堪《こら》えきれず、涙が溢れてきた。

こんなにも大切に思われていることにさえ、いままで気づくことができなかった。

ぼくはいったい、なにをそんなに頑《かたく》なになっていたんだろう。

珈琲のおいしさとか、家族の想いとか、なんにも気づけないまま、ひたすら前だけを向いて走ってきた。

たまらなく情けないけど。いまからでも間に合うのだろうか。

日々の暮らしのなかにある、ちいさなしあわせや、周囲のやさしさ。それらを掬《すく》い上げながら、生きてゆくことができるだろうか……。

——できるんだろうな、と思う。

まだ人生の折り返し地点にも、たぶん、立ってない。いまならきっと、まだ間に合うはずだ。

「あのさ」

『ん』

「車買おうと思って」

唐突《とうとつ》なぼくの言葉に、父さんは無言のままだ。

そうだろう。だって、あまりにも突飛すぎる。なによりも論理性を重視する父さんには、きっと理解不能な飛躍だ。
「来年は父さんも定年だろ。ずっと忙しそうだったたし、旅行とか全然行けなかった
し。おっきい車買うから、どこか、みんなでゆっくり温泉でも行こう」
子どものころ、できなかったこと。結婚して子どもができたら、しようと思って
いたけれど。だけどいま、それをすることだってできるのだ。
あたらしい家族をつくる前でも、父さんや母さんを、どこかに連れて行ってあげ
ることはできる。
与《あた》えてもらうことしか、考えていなかった。
してもらえなかったこと、できなかったことばかり数えていた。
そんな自分が、なんだか無性に恥《は》ずかしくなる。
『——ああ、いいな。行こう、母さんも喜ぶよ』
電話の向こう側。いつも通りのぶっきらぼうな声で、父さんはいった。
「あ、そうだ。母さんと電話してたんだった」
『はやくかけ直してやりなさい』

「――うん」

父に促され、電話を切る。母親と電話が繋がった途端《とたん》、ふたたびヒステリックな叫《さけ》び声が耳を劈《つんざ》いた。

口の中には、かすかにまだ、あの店の珈琲のやさしい後味が残っている。普段は疎ましく思うその叫び声さえも、なぜだかとても愛おしく感じられた。

［ 5分後に感動のラスト ］

Hand picked 5 minute short,
Literary gems to move and inspire you

ずっと……。

浅果好宗

もう幾《いく》ら生きただろう？
多くの生き物たちを見守り見送ってきた。
争いというものも沢山《たくさん》に見てきた。
多くの生き物を見てきたが人という生き物が一番に愚《おろ》かだった。
なぜ、あるがままに生きられないのか。
なぜ、多くを欲《ほっ》するか。
なぜ、思い合う者同士、傷付けあうか……。
私が誰《だれ》であるかと？
見れば分かるだろう。
ただの年寄りの木だ。
今になってしまえば、人々は私を神木と敬うが、その神木に罪人を磔《はりつけ》にしたり、
首を吊《つ》るした者もあった。
ふん。何が神木だ。

敬ってくれるのは嬉《うれ》しいが、私は見てきているのだ。人の愚かさを……。


だが、私は人を嫌《きら》いきれないのも事実だ。

人々に巡《めぐ》る歓《よろこ》びも私は沢山見てきた。

ほら。今日もやって来た。

私を遊び場とする子供たちが……。


「危ないよ！」

私に登ろうとする男の子に女の子は、そう声をかけた。

「平気平気！　僕が落っこちるようなヘマする訳ないじゃん！」

「でも！　神木を怒《おこ》らせたら祟《たた》りがあるってママが言ってた！」

「へーき！　悪さする訳じゃないんだから！」

「もう！」

私は静かに子供らを見守る。

私の枝には、ぽつぽつと滴《しずく》が浮《う》かぶ。

「あれ？　雨？」

幹を登る男の子が、そう言った。

女の子が、雨なんか降ってないよ？　と首を傾《かし》げた。


君らは、私の下で何度別れを繰《く》り返したか知っているのだろうか？

女の子は、生まれ変わるたびに戦地に向かう男の子にずっと待ってるから……と告げた。

男の子は、生まれ変わるたびに必ず帰るから……と告げた。

結ばれぬ恋《こい》に生きた君らは、やっと平和な時代に生まれた。

私は、君らの顔をもう忘れることも出来ぬほどに覚えている。

ずっと何度も私のもとに巡る愛《いと》しい子供たちに私が涙《なみだ》するのも仕方なかろう。

今度こそ……。

今度こそ、君らの恋物語を叶《かな》えてくれ。
私が何千年も待ち続けた恋よ。
ずっと待っていたよ……。

［ 5分後に感動のラスト ］

Hand picked 5 minute short,
Literary gems to move and inspire you

ビューティフル・ドリーマー

藤燈夜夏

私がかつていた世界――
夕焼けは、いつまでも私たちを包み込《こ》んでいて
十七時のチャイムが鳴《な》っても
まだ外は明るくて
つい帰りが遅《おそ》くなって
慌《あわ》てて家に帰ると、夕ご飯のいい匂《にお》いと
お母さんの笑顔が出迎《でむか》えてくれる
しばらくすると、仕事で疲《つか》れたお父さんが帰ってくる
「今日は何をして遊んだんだい？」
ロールキャベツをつつきながら
あれこれ報告する準備万全《ばんぜん》の私

つましい幸せを貪《むさぼ》っていた

静かで、いとおしい日々

◇

はじまりは、私——笹原千夜《ささはらちや》が十歳《さい》の時だった。

学校から帰宅した私は、なんとも言いがたい睡魔《すいま》——肉体が自分の内側に向かってゆっくりと収縮していくような不思議な感覚——に襲《おそ》われて、そのまま丸五日間眠《ねむ》り続けたことがあった。

そして私は飢《う》えもせず渇《かわ》きもせず、眠りについた時と全く同じ体調のまま、何事もなかったかのように目を覚ました。

眠っている間、食事も排泄行為《はいせつこうい》も一切行わなかったにもかかわらず、だ。

その時の私はまだ幼かったから、特に重大事だとは感じていなかった。

でも起きない私を見て、お父さんとお母さんはものすごく動揺《どうよう》しただろうと思う。

二人の慄《おのの》きが理解出来るようになったのは、十四歳の夏に、三十日間の眠りについた時だ。

寝《ね》ている間は年も取らないらしい、ということもわかった。

とても奇妙《きみょう》なことに、髪《かみ》も爪《つめ》も全く伸《の》びなかったし、三十日間洗わなかった顔もつるつるのままだった。

どうやら私は、「長期間の眠りにつく」という原因不明の奇病にかかってしまったらしい。

対策は、もちろんわからない。

夏休みの最中の出来事だったから、不幸中の幸いだったかもしれない。

でもお母さんは泣いていた。

「かわいそうな千夜。何が起こっているの。どうして……」

自分の身に起きていることだけど、理解を超《こ》えているものだったからか、私は妙に冷静だった。

私まで悲観したら、お母さんもお父さんも、きっともっと辛《つら》いだろうから。

お父さんが国営科学研究所のグループ長で本当によかった、と思う。

お父さんは研究の傍《かたわ》ら、私が安全な眠りについていられるための「睡眠装置」を造ってくれた。

真っ白で、長大で、細長い繭《まゆ》のような筐体《きょうたい》。

丸っこい曲面がなんだかかわいらしい質感だけれど、その見た目は、「棺桶《かんおけ》」と呼ぶのが一番ぴったりだと思った。

酸素の供給と、あとは適切な室温管理さえ出来ていれば、私は平和に眠っていられるらしい。

ただし、たとえば眠っている間に火事が起きても決して起きはしないから、確実に焼死してしまうし、ごく現実的な問題として埃《ほこり》なども徐々《じょじょ》に身体に降り積もっていく。そして両親が死んでしまったら、誰《だれ》も私の面倒《めんどう》を見ることが出来なくなる。

そういったことを危惧《きぐ》したお父さんが、睡眠装置を開発してくれたのだ。


お父さんは私を不安がらせないようにと、いつも気張っていた。

私を救うための装置のあれこれを開発することに日々全身全霊《ぜんれい》を捧《ささ》げていて、その背中には微塵《みじん》の迷いも漂《ただよ》っていなかった。

でも一度だけ、台所でお酒を飲みながら独りで嗚咽《おえつ》を漏《も》らしているのを聞いてしまったことがある。


私、生まれてこないほうがよかったかな。

そんな罰《ばち》当たりなこと、それまで考えたこともなかったけど、あの時だけは一瞬《いっしゅん》そう思ってしまった。


私はただただ無力だった。

起きている間、精一杯《せいいっぱい》思い出を作って、生活を楽しむしかなかった。

十七歳になった直後に半年間眠ってしまった時には人生のリズムが狂《くる》いかけたけど、それも乗り越《こ》えた。

でも、進学試験を間近に控《ひか》えた十九歳の冬、また私は眠りについてしまった。


意識を奪《うば》われる直前、私は思案した。

最初は五日間だった。次は三十日間、その次は半年。

今回は、一年くらい眠ってしまうのかな？

悲愴《ひそう》な表情のお母さんと、強張った表情のお父さんの姿がかすむのと同時に、私の思考はそこで途絶《とだ》えた。

目を覚ました私を、見覚えのある白髪《しらが》の男性がのぞき込んでいた。

「おじいちゃ……」

寝ぼけた頭で言いかけて、澱《よど》んだ。

おじいちゃん、来てくれたんだ。

いや、おじいちゃんにしては、若い？

でも、おじいちゃんにそっくり。

待って。

おじいちゃんは、私が小さいころに、もうとっくに死んでいる……。

じゃあ、ここは、天国？


「お父さん」

私の口から、無意識に言葉がこぼれた。

お父さんは、何も言わずに私を抱《だ》きしめた。

お父さんの逞《たくま》しかった腕《うで》は痩《や》せて、寒風にさらされた枯《か》れ枝みたいに震《ふる》えていた。

お父さんから少し離《はな》れたところに、同じく白髪の女性が、感極まった様子で佇《たたず》んでいた。

顔はしわくちゃだけど、お母さんだとすぐにわかった。

乙女《おとめ》な瞳《ひとみ》だね、なんてからかったことのある澄《す》んだ大きな瞳は、そのままだったから。


私達は、泣き崩《くず》れるのを互《たが》いに支えるように寄り添《そ》い合った。

私は、実に三十年にわたって眠り続けていた。


眠りにつく直前にはまだ四十二歳だったお母さんは、七十二歳になっていた。

お父さんに至っては七十五歳だ。

「一気に」なんていう言葉では足りないくらい急激に二人は老け込んだけれど、私はすんなり受け止めることが出来た。

他でもない、大好きなかけがえのない家族だからだったんだと思う。

ずっと待っていてくれたんだ、っていう思いで心が温かかった。でもお母さんの曲がった背中を見ると、どれだけの心労だったのかと思えてきて、胸が痛んだ。

傍目《はため》から見ると完全に「孫と祖父母」になってしまった私達は、それでも日々を楽しく過ごした。

お父さんはもうとっくに研究所を退職していたけれど、自宅の自室で、私のための装置類の開発を続けてくれていた。


当然ながら、三十年の間に法規制や世界情勢もすっかり変わっていた。

知らない国名に知らない芸能人、知らない技術。

でも、自宅に閉じこもって過ごす分にはあまり支障はなかった。


ただ、友達とはもう二度と会えなくなった。

同い年の友達は、もう四十九歳だ。

でも、私のすべては十九歳のままで止まっている。

お父さんもお母さんも「会っておきなさい」と言ったけれど、私は拒否《きょひ》した。

こんなわけのわからない悲劇の拡散はしたくなかったし、もう遠い過去の人になった、と思ってもらったほうが楽だったからだ。

――会いたくなかった、と言えば嘘《うそ》になる。互いに困惑《こんわく》するだけだったとしても、本当は、会いたかった。

私は、言うなれば「十九歳のまま時の止まった四十九歳」だから、進学も就労も諦《あきら》めた。

恋愛《れんあい》も。

なんて言うと格好良く聞こえるかもしれないけど、私は女友達と遊んでばかりで、恋らしい恋はそもそもしたことがなかった。

それからわずか一年後、洗濯物《せんたくもの》をたたむ手伝いをしていた私はまた「あの睡魔」に見舞《みま》われた。

私はお母さんに、眠りたくない、と子どものようにすがって泣いた。

前回は三十年の眠りだった。

今回は、それよりももっと長くなる予感がした。

次に起きた時、お父さんとお母さんは、もういなくなっている。

「お前が次に目覚めた時に困らないように、出来る限りの準備をしておく。安心して、おやすみ」

お父さんは凛《りん》とした表情で、目を真っ赤にして、かすれる声で、優しく私を諭《さと》してくれた。

最後の瞬間まで、お母さんは私の手を握《にぎ》っていてくれた。

私は、長い眠りについた。

◇

あれから二百年が経った。


その間に千夜は、起きては眠りにつくというサイクルを数回繰《く》り返した。

起きていられる期間も、ついに十数日程度にまで短くなっていた。

その代わり、起きている間は通常の睡眠は一切とらなくても平気になっていた。

目覚めるたび、両親のことを想っては涙《なみだ》に明け暮れていた千夜だったが、理不尽《りふじん》な眠りと目覚めを繰り返すうち、その感情も褪《あ》せていってしまっていた。

目覚める必要性を感じなくなりつつある千夜だったが、起きてその都度することといえば、父親が遺してくれた機械装置の数々を起動させることだった。

たとえば、千夜が眠っている間に放送されたニュースのすべてを記録し、特殊《とくしゅ》な信号に変換《へんかん》して脳に送信することによって、莫大《ばくだい》な情報を短時間で理解することの出来る装置。

ニュースになっていないことを知るために、図書館――多種多様な情報をデータ化して極小チップで管理している施設《しせつ》――に赴《おもむ》くこともあったが、さほど千夜の好奇心をそそるものではなくなってきていた。

起きていられる期間が短すぎるため、あらゆる物事に対する千夜の気力は失われていた。

外の世界を闊歩《かっぽ》し、未知の経験に心躍《おど》らせるということもない。

それどころか、現代人と接触《せっしょく》するのは面倒かつ危険だと判断し、極力独りでいるよう努めてすらいた。

外の世界が、千夜が起きるのに適さない状態――放射能で地表が汚染《おせん》されていたり、未知の病原菌《きん》が蔓延《まんえん》していたりする場合は、確実に安全に過ごせるレベルに収束するまで、睡眠装置が開かない仕組みになっている、と父親は教えてくれていた。

だから今後は百年・千年単位で眠ることもあり得るのだろう、と千夜は考えた。もはや今が西暦《せいれき》何年であるかということも、千夜にとってはさほど意味を成さなくなっていた。

千夜はそのうち、今が生まれてから何年後の世界なのかと計算することへの意欲も失っていった。

さてニュースデータで「予習」を終えた千夜は、それでも図書館ぐらいは行っておくかという気になり、睡眠装置の置いてある鬱蒼《うっそう》とした森を出た。

この森一帯は、千夜が生まれた時から緑地として管理されていた場所で、今は国の管理からは外れているようだが、大木がなお生い茂《しげ》る、ひと気のない格好の「隠《かく》れ家」である。

市街地へと続くなだらかな道を歩いていた千夜は、現代人の少年と遭遇《そうぐう》した。

少年というには顔立ちが大人びているので、年齢《ねんれい》は同じくらいかもしれないが、千夜よりもかなり背が低く、色黒で、肌《はだ》にはシミが目立つ。髪色は金色に近い明るいブラウンで、パサパサに伸びきっている。

少年は、千夜を見るなり顔を紅潮させた。

少年の色黒の顔は赤黒くなったが、にっこり笑ったその顔にはとても愛嬌《あいきょう》があった。

「○▽×△□、×△□○、▽＊○□」

言語が変容しきっていて聞き取れない。千夜は慌ててインカムのスイッチを入れた。

父親が造った、互いの脳波・身振《みぶ》り・声音などを信号に変換して意思の疎通《そつう》をはかることが出来る特殊なインカムだ。

「やあ。君、初めて見る顔だね」

「外国から旅行しに来たの」

千夜は無難な返答をした。

ニュースデータで予習したところ、外国人が観光のために来日する文化はまだ存続しており、規制もされていない。

十数日しか世界に「滞在《たいざい》」することの出来ない千夜にとっては、現代人に話しかけられた場合、外国人のふりをするのが一番楽だった。


少年の名前はイチヤといった。

彼が千夜に興味津々《きょうみしんしん》なのは、らんらんと輝《かがや》くその小さな瞳からも明白だった。

太陽から降り注ぐ紫外線《しがいせん》の影響《えいきょう》は、もはや死活問題にまで発展している。

短期間の覚醒《かくせい》と長期間の睡眠を繰り返して歳月を旅している千夜でも、日本人の肌はずいぶん色黒になってきていることには気づかざるを得なかった。

紫外線は髪の退色も引き起こすため、黒髪の日本人もまた少なくなってきている。

これまでのニュースデータなどで得た情報によれば、平均気温もぐっと上がっているようだった。

イチヤは矢継《やつ》ぎ早に質問を繰り返したが、そのどれに対しても千夜は曖昧《あいまい》かつ当たり障《さわ》りのない答えを返した。

要らないことを迂闊《うかつ》に喋《しゃべ》らないようにするが故《ゆえ》のことだった。

言葉を選びながら慎重《しんちょう》に会話を続けるうち、夕暮れの時刻になった。

何気なく太陽のほうを見やった千夜は、そこにゆっくりと沈《しず》みゆく大きなオレンジ色の輝きに見入った。

——この世界でも、夕焼けはきれい。

淡《あわ》く肌に溶《と》け込むような光を浴びながら、千夜は目を細めた。

自分だけの世界に入ってしまったかのような千夜の横で、イチヤは手持ち無沙汰《ぶさた》そうにそわそわしていた。


「——夕焼け小焼けの、赤とんぼ」

千夜はなんともなしに口ずさんだ。

「おわれてみたのは、いつの日か……」

……「小焼けの」の「け」のところで、声が裏返った。私の音痴《おんち》は、やっぱり変わらないのね。

苦笑いを浮《う》かべながらイチヤのほうを見た千夜は、ぎょっとした。

「やだ何、どうしたのよ」

「……今の、何？　すっげぇキレイ……」

イチヤはその小さな目とは不釣《ふつ》り合いなまでに大粒《おおつぶ》の涙をぼろぼろこぼしていただけでなく、鼻水まで垂らしていた。

「……『ウタ』？　お前、『ウタ』が出来るなんて……。初めて生で聴《き》いた。すげぇ、すごすぎる」

イチヤはひとり感涙を流し続けた。

千夜は狼狽《ろうばい》した。

この世界では、「歌」は失われてしまっているのか。

そういえば、イチヤの声はとてもか細い。

声帯が退化しているのか、「歌」という文化そのものが廃《すた》れてしまっているのか定かではないが、千夜は暗い気持ちになった。

「でもさぁ、チヤって本当に美人だよな！　声もキレイで肌も白くて、イッキュウブンカテキカイラクソウキキゴウグンの『Sleeping Beauty』に出てくる女の子みたいでさ」

鼻水を拭《ぬぐ》いながら、照れ隠しのようにイチヤは早口でまくしたてた。

『Sleeping Beauty』――『眠り姫《ひめ》』。

かつて母親に買ってもらった、お気に入りの童話の絵本。

懐《なつ》かしい思い出に、千夜は思わずはっとした。

――歌は廃れていても、童話はまだ継承されているなんて、不思議な世界……。

しかし、イチヤの言う「イッキュウブンカテキカイラクソウキキゴウグン」は、何を意味するのかを理解するのにしばし時間がかかった。

一級、文化的、快楽、想起、記号群。単語を当てるとすれば、そんな感じだろうか。

童話などの文芸作品のことをこの世界ではそんなふうに呼んでいるのか、と千夜はなんだか脱力《だつりょく》した。

「ところで、イチヤの親は何をしてる人？　やっぱイチヤみたいに明るい人なの？」

ふと気になった千夜は、それとなく話題を変えてみた。

「オヤって、何？」

「……親は、自分を生んで育ててくれた人たちのこと、だけど」

千夜はまたぎくりとした。

「歌」だけでなく「親」という概念《がいねん》も通じなくなっているのか、と。

「俺たちを造って育てたのは『アイ』じゃん。だから『アイ』がそのオヤってことになるのかな」

「……アイ？」

Artificial Intelligence、AI――人工知能のことだろうか、と千夜は思い当たった。

生殖《せいしょく》の方法もごくシステマティックになっているという事実に、千夜は少なからず愕然《がくぜん》とした。

これ以上この世界のことを知り出すと戻《もど》ってこられなくなりそうだという予感に苛《さい》まれながらも、千夜は質問を続けた。

「……住んでいるところは？」

「住んでるところなんてみんな同じじゃん。あそこ」

イチヤは遠くに霞《かす》む市街地のほうを指し示した。

そこには、千夜が見知っていたような建物の形とは大きく異なる、白くいびつな球形の巨大《きょだい》な建造物が建っていた。

ところどころに黒い空隙《くうげき》が空いているそれは、人が住む建物というより、得体の知れない化け物の死骸《しがい》とでもいうような印象を千夜に与《あた》えた。

「なんせ俺達、滅《ほろ》びちゃう寸前だからね。単独行動禁止、みんなあの中で暮らしてんの」

あっけらかんとした物言いのイチヤの暢気《のんき》な顔を見て、千夜は息を呑《の》んだ。

「……滅びるって」

「知らねぇの？　あ、そか、外国人だから知らないのか。俺達もう人口減りまくりだし、どんなに『アイ』が操作してもあっという間に死んじゃう虚弱体質《きょじゃく》ばっか造られるし、『アイ』自体老朽化《ろうきゅうか》してるし、『アイ』を造った人たちももういないし」

「じゃあ、あなたは今どうしてここにいるの」

「脱走に決まってんじゃん！」

イチヤは悪びれずに答えた。

「外気が毒だとか言われてもさー、外の世界を見たいじゃん」

「身体は、大丈夫《だいじょうぶ》なの」

「全然大丈夫。じゃない」

「そんな……」

「だって、あそこにいたってつまんねぇんだもん。平気。これでも俺、脱走の達人なんだぜ」

千夜は頭を抱えた。

接触するなら厄介《やっかい》な人物ではないほうが当然望ましいのだが、後の祭りだった。

「それに、チヤにも会えたし」

イチヤはこの上なく嬉《うれ》しそうな笑みを浮かべた。


千夜の心臓が不意に高鳴った。

——これ以上、この人と関わってはいけない。私はまた眠りについて、この世界から去ってしまう。知り合えても、お互いに辛い思いをするだけ。

「チヤ?」

黙《だま》り込んだ千夜に、イチヤは不思議そうに問いかけた。

千夜は無言で後ずさった。

「……私、行くわね」

「えー、もう? じゃあ、また明日会える?」

「もう会わないわ」

「なんで」

イチヤは目を丸くした。

「私は……」

千夜は口ごもった。

眠っては起きてを繰り返す、ある意味「化け物」。

――思わず最大限に卑下《ひげ》してしまったが、化け物という表現は、はたして伝わるのか。

「とにかく」

千夜は強い口調で言い放った。

「私はまたすぐにここを去らないといけないの。だからあなたと仲良くなることは出来ないの。さよなら」

「そんな」

イチヤは千夜に駆《か》け寄ろうとした。

「ついてこないで」

千夜は「銃《じゅう》」を構えた。

これも父親が造った、気絶から絶命まで、殺傷能力を自由に調整することが出来る未来型の銃だ。

思いがけないものを突《つ》き付けられてさすがにイチヤは怯《ひる》んだが、それでも逃《に》げようとはしなかった。

「でも、君だってひとりぼっちなんだろ。……俺でよければ、助けになれるようにするよ」

千夜は目を見開いた。

そのままさらに数歩後退すると、踵《きびす》を返して森へと駆け出した。

――「助ける」なんて。何を、どう助けるっていうの。

千夜は苦々しい思いで唇《くちびる》を噛《か》んだ。

イチヤがついてくる気配を背で感じながら、徐々に走る速度を落としていた千夜は、やがて足を止めた。

振り向くと、生まれたての小鹿《こじか》のようなへっぴり腰《ごし》のイチヤの、つぶらな瞳と目が合った。

千夜はため息をついた。

――いいわ、睡眠装置の場所を知られさえしなければ、なんとでもなるから……。

「私、眠くならない体質なの」

千夜はだしぬけに切り出した。

「だから、夜が来るまで、この世界の話を聞かせて」

「……この世界の話、って?」

「あなたの身の回りのことでいいわ。……最近起きた出来事とか、たわいのない話でいいの」

現代人の基礎《きそ》体力は著しく低下しているのか、かなりの荒《あら》い息をついていたイチヤだったが、千夜の言葉を聞くや否や、豪快《ごうかい》に破顔した。

イチヤは派手な身振り手振りを交えながら、イチヤの小さいころの話、友人の話、失敗談――脱走が見つかって独房《どくぼう》に入れられた話などを繰り広げた。

彼の話を通して、あの巨大でいびつな建造物の中での集団生活、保護・統制・監《かん》視《し》される日常を垣間《かいま》見た千夜は、ひきつった笑みしか浮かべられないこともしばしばだったが、彼に悲愴さは感じられず、むしろ今を楽しく生きているというエネルギッシュな生命力で満ちていた。

次の日も、その次の日も、夕暮れ時になるとイチヤは現れ、とりとめのない話を夜が訪れるまでひたすら千夜に聞かせた。

その礼として、ときどき千夜は歌を口ずさんでみせた。

音痴だという自覚があるので気が進まなかったが、イチヤがとても幸せそうにするので、千夜も応《こた》えることにしていた。

見つかりやしないか、またイチヤの体調が悪くならないか心配だったが、それ以上にイチヤが話をしに来てくれるのが千夜には楽しみでならなかった。

イチヤの話に一喜《いっき》一憂《いちゆう》しながら、千夜は次第《しだい》にひどく穏《おだ》やかな気持ちになっていることに気付いた。

この感覚は、幼いころ、眠る前に母親が絵本を読み聞かせてくれていた時のものと似ているのかもしれない、と千夜は思いついた。

イチヤと母親は似ても似つかないし、口調もテンションも全く異なるが、不思議なまでの安らぎを与えてくれる点は一致《いっち》していた。


ある晩の別れ際、落ち着きなく何か言いたげにしていたイチヤは、千夜の頬《ほほ》にそっと口づけをすると、猛《もう》ダッシュで——千夜にしてみればジョギング程度の速さで——走り去った。

それはまさに唐突《とうとつ》に訪れた、「恋」を覚《さと》る瞬間だった。

千夜はぼんやりと夜空を見上げた。

そこには昔と変わらない真ん丸な月が昇《のぼ》り、辺りを静かに照らしていた。

彼が住処へと無事たどり着くよう、千夜は頭上の月に向かって祈《いの》った。

翌日の昼過ぎ、イチヤを待ちわびて森の外で待っていた千夜は、同じく早めにやってきたイチヤが自分の姿を発見するや否やまた顔を赤黒く染めたのを見て、なんだか愉快《ゆかい》な心持ちになった。
千夜の微笑を見て、イチヤははにかみながら歩み寄ってきた。

その時だった。
千夜は、「あの睡魔」の突然の来訪に青ざめた。
千夜の頭の中は真っ白になった。

——もう、なの？

やがて猛烈《もうれつ》な目眩《めまい》を覚えた千夜は、ぽかんとするイチヤに何も告げられないまま、森へ向かって一目散に走り出した。

起きていられる時間はどんどん短くなっていく。
その代わり、眠っている時間はどんどん長くなっていく。
次に起きるのは何年後なの？
私はただ、年を取るのを何千倍にも何億倍にも引き延ばしているだけ？
それとも、いつか目覚めなくなるの？

もう、こんなのは嫌《いや》。
みんなと、イチヤと、同じ時を生きていたい。

駆ける千夜の目から涙が溢《あふ》れ出した。

「チヤ!!」

睡眠装置にたどり着き、内部に身を滑《すべ》らせ蓋部《がいぶ》をクローズしようとした千夜の耳に、思いがけずイチヤの声が届いた。

睡眠装置のすぐそばに、イチヤがいた。

死にもの狂いで後を追ってきたのか、汗《あせ》だくで、息も絶え絶えだった。

「……さよなら」

千夜はうつろに呟《つぶや》いた。

イチヤは、澄んだ目でまっすぐ千夜を見つめた。

「俺、チヤのこと、ずっと覚えてるよ。だから、チヤも俺のこと覚えててくれよな！」

その刹那《せつな》、すっと一本の青い線が引かれたような清らかな感覚が千夜の胸いっぱいに広がった。

「私も忘れない」

イチヤを見つめ返しながら、千夜は声を振り絞《しぼ》った。

「私も生きるわ。だから、あなたも出来るだけ長く、生きて」

イチヤは大きく頷《うなず》き、満面の笑みを見せた。

——千夜は、長い眠りについた。

◇

あれから千年後……。

いや、正確にはどれだけ経ったのか、千夜は知ろうとはしなかった。

眠りから覚めた千夜は、睡眠装置から出ると、ゆっくりと歩きだした。

低地を見下ろす丘《おか》の上にたどり着いた千夜を迎えたのは、オレンジ色の壮大《そうだい》な夕焼けだった。

――夕焼けは、相変わらず、きれい……。

「夕焼け小焼けの、赤とんぼ……」

やわらかな風に髪をなびかせながら、千夜は口ずさんだ。

かつて、この拙《つたな》い歌に感動して涙まで流した男――イチヤのことを、千夜はなつかしく思い出した。

この世界は、どんな世界？

また、誰かにお話を聞かせてもらおうかしら。

――あの童話と違《ちが》って、私を起こしに来てくれる人は、いない。

だからこそ、誰かと出会うためには、自分から歩み出さないと。

私がこんな人生を送っていることの意味はわからない。

けれど、生きていれば、きっといつか見つけることが出来るはず。

……いつか、目覚めなくなる日が来るとしても。

千夜はそっとまばたきをすると、街の灯りがゆらめく丘のふもとに向かって歩き出した。

［ 5分後に感動のラスト ］

Hand picked 5 minute short,
Literary gems to move and inspire you

王子と姫《ひめ》

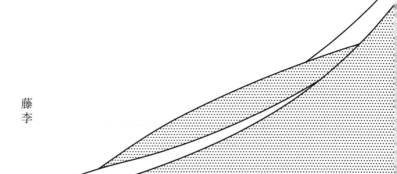

藤李

いじめなんて、世の中に腐《くさ》るほど存在する。

目に見えていじめだと分かるものもあれば、そうでないものもあるだろう。どこからがいじめなのか、そのボーダーラインはあまりに曖昧《あいまい》である。

一言でいじめと言っても、実にたくさんの種類の苦痛があって、でもそこに軽度も重度も存在しない。苦痛は、苦痛なのだから。


「私、あの子無理。ないわ」

「分かる。調子乗りすぎじゃね」

私はいじめにあった。


きっかけはどこにでもあるような、実にくだらないことだった。思い出すのも嫌で、故意に忘れてしまった。

始まりはあまりに呆気《あっけ》なく、日常生活はあっという間にいじめで染まっていった。

私がいじめの標的になったのは、ちょっとした不運の重なりとタイミングだ。崇《すう》高《こう》な動機や、立派な理由があるわけではない。

女子高生なんて、日本人独特の右にならえの精神だけで友情を形作っている。そんな薄《うす》っぺらい関係。

権力を持つクラスのなかのリーダー格の女子が一言「嫌い」と言えば、みんな「嫌い」になっていくのだ。

でも、それは誰《だれ》が悪いのでもない。学校という組織自体がこんなものなのだ。仕方ないことなのだ。そう言い聞かせるしかないいし、実際それが事実なわけだから、やっぱりどうしようもない。

いじめなんてものは、ただの暇潰《ひまつぶ》しと八つ当たりなのだろう。みんな生きるのに精一杯《せいいっぱい》なんだ。

他人でも傷付けて、自分よりも下の存在を見下しでもしていないと、今の世の中やっていけない。

私も最初はそれに抗《あらが》っていたが、次第《しだい》に周りから人がいなくなり、孤立《こりつ》してからは止めた。

覆水盆《ふくすいぼん》に返らず。一度起こってしまったことは、もうどうしたって元には戻《もど》らない。

足掻《あが》くだけ無駄《むだ》だということに気付き、虚《むな》しくなって早々に抵抗《ていこう》を諦《あきら》めた。流されることを選んだ。長所なのか、短所なのか、私は随分《ずいぶん》と諦めが早いらしい。

「早くガッコ辞めろよ」

「よくいられるねー？　神経疑うわ」

誹謗中傷《ひぼうちゅうしょう》、シカト、盗撮《とうさつ》、暴力、悪戯《いたずら》、盗難、孤立……。されたことを挙げていくとキリがない。

他人から言われなくとも、よく何でもない顔をして学校に通えているなと、私も自分で自分を誉《ほ》めたくなる。

私には感情がないのだろうか。元から薄いのか、なくなっていったのか、分からない。

もういじめのある現状に慣れてしまって、感覚が麻痺《まひ》してしまっていた。慣れとは本当に恐《おそ》ろしいものだ。

親には言えない。学校に通わせてもらっているだけでも経済的に厳しいのに。だからもちろん転校も、学校中退も出来ない。

現状を変えるよりも、あと一年だけ、耐《た》えきれば良いだけだ。そう考えるようになっていた。

それなのに、現状は一変した。


とある昼下がり。頭痛が酷《ひど》くなって、授業中に保健室へと向かったとき、そこにはもう既《すで》に先客がいた。

「おう、誰もいねぇぞ」

ベッドを占領《せんりょう》していたのは、この学校一の荒《あ》れた生徒と名高い男子だった。情報に疎《うと》い私でも、この人の名前と顔は一致《いっち》する。

金髪《きんぱつ》と黒髪が交じりあったマッシュは個性的で、あまりに学ランには似合っていない。お洒落《しゃれ》すぎる。

ネックレスや指輪やピアスがたくさん光っており、一目見たら忘れられないような風貌《ふうぼう》をしていた。

「寝《ね》て、いいですか」

「んぁ？　何で俺に聞くよ？」

「だってベッド、一つしかない」

その人が腰《こし》かけていたベッドを指差すと、ハッとした彼がそこから身軽に飛び降りた。

「どーぞ」

彼は笑顔で素直に譲《ゆず》ってくれたので、ありがたくそのベッドを使わせて貰《もら》うことにした。

いそいそと上履《うわば》きを脱《ぬ》いで、ベッドの上にあがる。ごろんと寝転がると、幾分《いくぶん》かマシになったような気がする。

今日は朝から頭痛が酷い。このまま寝てしまいたいところだが、痛みのせいでそれどころじゃない。

どうせ戻ったところでいじめられるだろうし、家に帰ったところで気まずい。それならここにいるのがベストだろう。

ハンマーが鳴り響《ひび》く頭の中で冷静に考え、瞼《まぶた》を下ろして外界をシャットダウンする。

真っ暗闇《くらやみ》はこわいけれど、酷く落ち着く。私にはお似合いだ。


どれくらい経っただろう。せいぜい十分ぐらいか。やはり寝られずに寝返りをうって、目を開く。

すると、もういなくなったと思っていた人と、パチリと目が合った。

「……いたんだ」

「ずーっとな」

「いつから私のこと見てるの」

「だから、ずーっとだって」

黒金マッシュは、パイプ椅子《いす》に座って、何が楽しいのか私のことを見つめていた。

不良の考えることは分からない。

なんとなく起き上がろうとしたが、寝ているように促《うなが》され、そのままの状態でこの人と対面する。

「お前の名前は?」

「はぁ」

「俺、王子って書いて、何て読むと思う?」

「キング」

「んだよ。知ってんのかよ」

彼の名前は、櫻王子《サクラキング》。

目立つ不良だからというのもあるけれど、名前の奇抜《きばつ》さからもよく話題にのぼっていた。

でもキングと呼ばれることが大嫌いらしく、普段皆《ふだんみんな》にはそのままオウジと呼ばせていた。

まさかあの有名な王子さんと、こうして二人きりになるとは思ってもいなかった。

王子さんはこの学校のカリスマ的存在だから、女子からも男子からも人気があり、人望も厚い。

そのうえなにやら彼は、予想外なことに私に興味を示している。私はこれ以上問題事が増えるのは嫌だった。

放っておいてと思ったが、まさかそんなに上手《うま》くいくはずもない。王子さんはそのまま続けて話し掛《か》けてくる。

「次、お前。名前は?」

「……何で知りたいの」

「だって名前分かんねぇと喋《しゃべ》れねぇ」

「いや私寝るから、」

「さっきから寝れねぇんだろ? 話そうや」

的確に言い当てられ、言い淀《よど》む。王子さんはしてやったり顔で笑っていた。

さすがにさっきから私が寝付けずに、何度も寝返りをうっていた様子を見られていては言い訳出来ない。

どうして私なんかに構うのか分からなかったが、この時間だけだと諦めて話すことにした。誰にも見られていない。

学校でこうして会話するのは、いつ以来か思い出せないほど本当に久しぶりだった。

「名前、私もキラキラしてるよ」

「おっ。まじかよ。同志じゃん」

「姫に愛って書いて、ティアラです」

キング並みにキラキラした名前だと思う。前にテレビで特集されていたキラキラネーム一覧の中にも入っていた。

自分の名前がキラキラネームだという自覚はあるし、このせいで嫌な思いもたくさんしてきた。

するとそれを聞いた彼は、楽しそうにわははと声を上げて笑った。

「お揃《そろ》いじゃゃねぇの。俺のこと、キングって呼んでいいぞ。お前だけ許すわ」

喜ぶべきことなのか何なのか。でもお互《たが》いに相手に対して親近感を抱《いだ》いたことは確かだった。

そこからはお互いに、自身のキラキラネームに纏《まつ》わるエピソードや不満を話していく。共感することばかりだった。

この人、見た目以上に気さくで話しやすい。こうして会話していると面白くて比《ひ》較的穏《かくてきおだ》やかだ。

学校一最強の生徒のレッテルは感じられない。そして私はいったいどうしてそんな人と会話しているのだろうか。今更《いまさら》ながら不思議に思う。

彼の開いた口から、ピアスのついた舌が覗《のぞ》いた。

「そういや、ティアラ姫、その怪我《けが》何?」

「え?」

「女なのに体に生傷多すぎ」

喧嘩《けんか》じゃねぇだろ、と言われ、王子さんが私のことをじっと見つめていた意味を理解した。

制服で隠《かく》れるような、あまり目立たない場所を狙《ねら》われているのに、彼は目敏《めざと》い。隠しきれていないそれに言及《げんきゅう》してきた。

軽い口調に、今日初めて話したばかりの他人。私も隠すことなく、素直に話せた。

「私、いじめられてるから」

無感情にそう呟《つぶや》くと、彼はケロリとした態度でやっぱりね、と頷《うなず》いた。

「体育館裏でよくリンチ受けてるっしょ?」

「……知ってたの」

「知ってたっつーか、見えるっつーか。あそこ俺のお気に入りの場所なのに」

呆《あき》れた。この人には全てお見通しだったわけだ。分かっていて、それでも私の口から事実を言わせたのだ。あざといなぁ。

でもこれでこの人には無理に取り繕《つくろ》う必要もない。かえって気楽に話せるのかもしれない。羞恥《しゅうち》も劣等感《れっとうかん》も今更だ。

「お前、泣きも喚《わめ》きもしねぇじゃん? 抵抗もせず、黙《だま》ってやられてる」

「あぁ」

「その目」

まるで目潰しされるんじゃないかという至近距離《きょり》で、目を指差される。思わずのけ反《ぞ》ると、その手は引っ込《こ》められた。

「世の中の全部諦めて不幸全部背負ってます、みたいなその生気のない目」

「……」

「多分それがムカつくんだよ。お前、絶対いじめ助長させてんぞ」

そう言われてから、自分はそんな目をしていたのだということに初めて気が付く。無意識のうちに何も考えないようにしているからかもしれない。だから結果的に目から生気が消える。

それに王子さんが言ったことも、意識としては間違《まちが》っていない。根本的に諦めているんだ。それは自覚がある。

「でもまあ、悪いのはあっちの加害者だ。そりゃ被害者《ひがいしゃ》にも何かしらあるんだろうけど、こっちは一人だろ」

王子さんは私に怒《おこ》っているわけでも、どうにか助けてやろうとしているわけでもなさそうだった。

「大勢の方が強いのは当たり前だ。喧嘩と違って、いじめは一人対大勢だからタチ悪《わり》ぃんだよ」

ただ事実を、思ったことを伝えているだけ。まるで世間話でもするかのように、だらだらと。

私にとっては生活の一部となりつつあるそれを、いとも容易《たやす》く口にする。躊躇《ためら》うことを知らない。

「俺もいじめられたことあんだよ。名前のことでな。まあ逆にこてんぱんにやり返してやったけど」

「あぁ……」

「あん時思ったね。いじめって簡単に形勢逆転出来るし、別にいじめる相手が誰であってもいいんだよ」

「……」

「そんなもんなんだよ。いじめなんて。すげー曖昧な形のない、くっだらねぇもん」

いじめ自体をそんなに重い話として受け止めていない様子だった。他人事《ひとごと》だからではない。いじめに対する態度が違う。

それには賛否両論あるのだろうが、私にとってはその興味なさげな態度がありがたかった。

「だけど、ひっくり返すぐらいの力とか、動機とか、方法とか、そんなんがねぇやつには厳しいよなぁ」

王子さんはポケットから飴玉《あめだま》を出してきて、その包装紙をめくって直《じか》に手のひらの上に載《の》せる。そしていとも容易く握《にぎ》り潰した。

手のひらに粉々の飴玉のかすが残る。綺麗《きれい》な薄桃色《うすももいろ》をしていたそれは、今や跡形《あとかた》もなく潰れてしまった。

「現状を壊《こわ》すなら、それだけの力と根気がいる。そりゃ壊すっつうんだから、自分も傷付くだろうな。それを覚悟《かくご》の上じゃねぇと」

「……」

「踏《ふ》み出し方が分かんねぇのは当然だろ。いじめを解決するための最善策なんてありゃしねぇ。それぞれ状況《じょうきょう》が違《ちげ》ぇんだから」

「……」

「だからみんな死ぬんだ。手っ取り早い。自分だけを壊すのは簡単だからな。何も辛《つら》いことはねぇ」

何も考えていないように見えて、王子さんはいじめに対してとても考えていた。

彼は手のひらをはらって、飴玉のかすを床《ゆか》に落とす。きらきらと落ちていくそれは、窓から入り込む光に反射して美しかった。

散り際は美しく見えるものだけど、最後に床に残ったかすは結局はゴミになる。美しさは残らない。

「世の中、悟るのも悪くねぇよ。俺も根本的な考えはお前と似てると思うし」

「諦めるのは悪いことかな」

「いんや。悪くねぇ。逆に俺はお前がすげぇと思う。我慢《がまん》できるし忍耐《にんたい》もあんじゃん。強いよお前は。頑張《がんば》ってる」

そんなに理解を示してくれる人は初めてだった。頑張っているなんて、今まで一度も言われたことがなかった。

いじめられている自分が悪いんだと、我慢は当然のことだと思っていた。だからこそ、誰にも相談出来なかったし、してこなかった。

誰に何を言っても、大概《たいがい》は説教で終わってしまうのだ。

私の気持ちや状況は全然考慮《こうりょ》せず、ただ世間一般《いっぱん》での正しい意見や理想論を持ち出してくる。

でもそんなことは、私だって分かっている。分かったうえでの現状なのだ。誰一人あてにならなかった。

なのに、この人は違う。

「でも、お前は頑張りすぎてんだ」

「……」

「一人で辛かろうよ。一人で頑張るのは、止《や》めてみたら?」

辛い。でもそれを認めてしまうと、頑張るのを止めてしまうと、もうやっていける気がしない。

辛いときに辛いと言わないのは、多分本能的な防御《ぼうぎょ》だ。自分を守るために、私は諦めて強がるしかないのだ。

何も言わない私に、王子さんは子供をあやすように優《やさ》しく笑った。そして再び口を開いて、衝撃的《しょうげきてき》な事実をさらりと述べた。

「俺の妹な、もう死んでんだ」

「えっ」

「名前、愛に保で、ラブホっつーの。愛保だぞ。俺なんかよか酷《ひで》ぇだろ?」

何も言えなかったし、追究する気にもならなかった。王子さんの発言や態度から、合っているのかどうかは分からないけれど察した。

不意に王子さんはパイプ椅子から立ち上がり、私の目の前に立つ。そして頭をそっと撫《な》でた。

「それか誰かに何か言えば、案外どうにかなったりするぞ?」

「……それはアドバイス?」

「そんな大したもんじゃねぇ。ただの俺の意見だから、無視しようが良いんだけど」

「はぁ」

「ただ俺みたいな傍観者《ぼうかんしゃ》もいんぞってこと」

いじめには被害者と、加害者と、傍観者がいる。見て見ぬふりをする傍観者が数的には一番多く、そして一番厄介《やっかい》だ。

王子さんも傍観者のくせに。今までずっと私がリンチに合っているのを、止めもせずに見ていただけのくせに。

理不尽《りふじん》な苛立《いらだ》ちが湧《わ》き起こる。いつもはこうは思わないのに。しかしそれを口にする前に、彼は私の頭から手を離した。

「じゃ、ティアラ姫、またな」

私をかき乱すだけかき乱して、その人は颯爽《さっそう》と去っていってしまった。枕元《まくらもと》にまたさっきの飴玉を一つ残して。

何とも言えない。苛立ちのような、やりきれなさのような、説明しようのない感情が胸を渦《うず》巻く。

「……くっそ」

呟いたそれには、感情がこもっているのが自分でも分かった。

それから約一週間が経過した。もうあの日のことも過去となりつつあったときだった。

「体育館裏ね」

いつものように体育館裏に呼び出される。いつもならばそれに素直に従っていたところだが、今日はいつもと違って気が重かった。

あの人に会いたくない。

あんな惨《みじ》めな格好、見られたくない。

でも命令に従わないと、いじめが酷くなるのは明確だった。悩《なや》んだ末にいつも通り体育館裏に来てしまった私は馬鹿《ばか》だ。

そこにいたのはいつものメンバーの六人。リーダー格の女子は相変わらず、綺麗に化粧《けしょう》をし、いじめの主犯だとは思えないくらい可愛《かわい》らしい。

ああ、世の中、狂《くる》ってる。

ありもしない因縁《いんねん》をつけられ、しまいにはただ快楽を得るためだけに暴力を振《ふ》るわれる。

女子だから力は強くないのかもしれないが、それでも痛いものは痛いし、傷にも痣《あざ》にもなる。

それに女子は男子と違って、やり方が卑怯《ひきょう》だ。今日はライターと煙草《たばこ》を持ってきていた。

「根性焼き、私してみたかったんだよね」

「うっわ、えげつないね！」

殴《なぐ》られ、蹴《け》られの暴行はまだしも、根性焼きはもはや犯罪じゃないのだろうか。一瞬《いっしゅん》ビクッと体が本能で反応してしまう。

嫌だ。けれど、どうせやられるなら、穏便に済ませた方が早く終わる。反抗して事を荒立てるよりは絶対良い。

ハッと、そこで思い出す。今の私の瞳《ひとみ》は他人から、あの人からはどう見えているのだろうか。どう思われているのだろうか。

あの人を裏切りたくない、だなんて思ってしまった。

ここに来てからずっと目で捜《さが》しているのだが、あの人の姿は見当たらない。どこにいるのだろうか。

そういえば、上から見てると言っていた。顔を体育館と逆側の倉庫の方に向ける。

すると、やはり目が合った。

王子さんがいた。

よっ、と口パクで話し掛けられ、その穏やかさに気が抜けてしまう。私は今こんな状態なのに、あの人は高みからこちらをじっと見つめていた。

何を考えているか分からない。それでも茶化すことなく、その目は真剣《しんけん》だった。

「ははっ」

笑えてくる。

敵か味方か分からないし、どういう人なのかも分からない。それでも今この瞬間、私のことを一番真剣に見ているのはこの人だ。

心の中で何度こう叫《さけ》んだことだろうか。

「誰か助けて」

それが今、声になって、外界の空気を震《ふる》わせた。

こんなこと言うつもりなかったのに。あなたが動機になったんだから、責任取って助けてよ。

「遅《おせ》ぇよ。待ちくたびれたっての」

その小さな、でもしっかりとした声色に一番に反応したのは王子さんだった。

彼女たちがその言葉に反応するより、煙草の火が押《お》し付けられるより前に、あの人は倉庫の上から身軽に飛び降りてきた。

黒金マッシュのその人は、王子さながらに私に手を差し伸《の》べる。キラキラして、まるで本物の王子様みたい。

恐る恐る手を摑《つか》むと、そのまま王子さんの背後に回された。

「なになに。寄って集《たか》って、俺の同志にさぁ」

王子さんは今まで私を取り囲んでいじめていた女の子たちに、詰《つ》め寄っていく。

さすがにこの学校のボス的存在のこの人のことを知らないわけがなかった。それぐらい凄《すご》い人なんだと再実感する。

私の方から王子さんの表情は見えなかったが、その威圧的《いあつてき》なオーラに皆さっきとはうってかわって動揺《どうよう》しているのが見てとれる。王子さんはいじめをひっくり返すくらいの力を持っているんだ。いやむしろいじめられないために、その力をつけたのかもしれない。

その力で、今までもそうやって他人を黙らせてきたのだろう。

そして今、私はそんな王子さんを自分のために動かせる力を持っている。これも自分の力になるのだろうか。

彼はのらりくらりとした態度で、でも逃《に》げることは許さない。じりじりと追い詰めていく。

「根性焼き? 俺上手《うめ》ぇよ。かしてみな」

リーダー格の女子の手から煙草を奪《うば》い取って、何の躊躇《ちゅうちょ》もなくそのまま手の甲《こう》に押し付けた。

「っああああ!!」

その女の子の今まで聞いたことがなかったような悲鳴にも、王子さんの無茶な行動にも驚《おどろ》く。思わず服を引っ張ってしまう。

それで二人の間に隙間《すきま》が出来て、リーダー格の女の子はすぐさま離れる。泣きながら手をおさえて悶《もだ》えていた。

「おい、まだグリグリしてねぇっての」

我ながらこんな人を味方につけて、恐ろしい。この人はあまりに頼《たの》もしく、何の見返りもなく素直に私の力になってくれた。

まだやろうとする様子を見せる彼に、六人とも青ざめてその場を今すぐに立ち去ろうとする。

「こいつ、キングだっ……」

「ひいっ」

足をもつれさせながらも、逃げていく。彼もさすがにそれは追いかけることなく、その背中に向かって叫んだ。

「ここ俺の陣地《じんち》だから、二度と来んなよーっと」

こんな恐ろしい目に遭《あ》わされて、誰もここに頼まれても二度と来ないだろう。

呆気なくあのいじめっ子六人は目の前からいなくなった。代わりに王子さんが私の目の前にいる。


彼は、私を助けてくれた。

まさかあんな言葉ひとつで、本当に助けてくれるとは。呆気なさすぎて、その場に立ち尽くす。

「ほいっ。これで無事済んだろ」

王子さんは手に持っていた煙草を、地面に落とし、上履きで踏みつけて火を消した。その瞬間、ああ、終わったんだと実感した。

これで本当にいじめがおさまるのかどうか分からないけれど、何かが変わるのは間違いない。それも私にとって良い方向へと。

こんなさえないいじめられっ子の私のバックに、学校一の最強の不良がついていると分かったのだ。仕返しをおそれて、迂闊《うかつ》にいじめられないだろう。

簡単だった。あんなに悩まされてきたいじめは、一瞬でなくなった、らしい。

この前王子さんが言っていたことを、身をもって理解する。いじめなんて、ちょっとしたことですぐに形勢逆転出来る。何か力があれば、だけど。

でもいきなりどうして？　チラリと彼の方に視線をやると、目が合った。

言いたいことがなんとなく分かったのか、彼は少し気まずそうに眉《まゆ》を下げて笑う。

「俺だって、ずっと助けてやりたかったよそりゃ。でも本当に助けてほしいか分かんねぇやつ相手に、俺がでしゃばるのは違うだろ」

「はぁ」

「助けを求められたら、出ていこうと思ってたのに、お前いっつも何も言わねぇんだもん」

「そういうこと……」

この人の凄さを垣間《かいま》見た気がした。暴力だけじゃない。この人の魅力《みりょく》というか強さというかは、きっともっと根本的なものだ。

力尽きてその場に座り込む。すると王子さんも同じように隣《となり》に胡座《あぐら》をかく。

ここは体育館のお陰《かげ》で影《かげ》になっていて、風通りも良く涼《すず》しい。そんなことにも初めて気が付いた。

この何年もの間、何度もここに連れて来られていたのに、私は何も見ていなかった。見ようとしていなかった。

だから王子さんの存在にも気付かなかった。

いつから王子さんは見ていたのか知らないけれど、口ぶりなどからして多分ここでずっと長い間見られていたのだろう。

あ、お礼、言わなきゃ。まだ言っていないことを思い出して、急いで顔を隣に向ける。

すると彼はじっと私のことを見つめていた。その瞳は穏やかで、心がこもったものだった。

「やっと言えたな。助けてって。助けを求めるのは、悪いことじゃねぇよ。勇気ある行動だろ」

「……」

「よくできました」

いつの間にか自分以外全員敵だと思っていた。こんなに近いところに味方はいたらしい。

「……ありがとう、王子さん」

「キングさんか。悪くねぇな」

「本物の王子様みたいだった」

「だろ。体は名を表すって言うもんなぁ」

「ちなみに逆だよ」

「姫は賢《かしこ》いな。さすが、俺が助けた姫だ、っておい、泣いてんじゃねぇか。涙《なみだ》、ぼろぼろ出てるぞ」

「っ、安心したら、うん、ごめん」

「いんや。あんだけいじめられても泣かなかったお前が、こうやって俺の前で泣いてくれて嬉《うれ》しいよ」

この人に助けを求めて良かった。諦めないで良かった。私は一人じゃなかった。もういじめられずに済むんだ。ここまで我慢してきて良かった。死なないで良かった。

助けてくれて、ありがとう。

「……っ、あり、がとう……」

今までの涙が溢《あふ》れ出して、止まらない。涙交じりのその声に、王子さんは息を漏《も》らして笑う。そして泣き止むまで、何も言わずにずっと隣にいてくれた。

涙が涸《か》れるほど泣いて、泣いて、泣きまくった。気が付くと、もう橙色《だいだいいろ》の夕暮れが訪れていた。

あのときの飴玉を思い出す。制服のポケットの中を探ると、やはり入れっぱなしにしてあった夕暮れ色の飴玉が出てきた。

「あ。俺の飴ちゃんじゃん。なに、もしかしてオレンジ嫌《きら》い？」

「いや……食べるの勿体《もったい》なくて、持ってた」

そう言うと、彼は頬《ほほ》を緩《ゆる》めてにんまりと笑った。この人には笑顔が似合う。太陽みたいな明るい笑顔。こちらまで明るくしてしまうような、笑顔だった。私もつられて微笑《ほほえ》む。

「これからいくらでもあげるから。ほらこれで糖分チャージしなさいな」

「うん」

「明日は何味が良い？　あ、どうせなら明日一緒《いっしょ》に買い行くか。授業さぼっちまおうぜ」

私はまた明日も学校に来る。でもこんなに楽しみな学校は久しぶりだった。

チラリと隣を見ると、彼から優しく笑いかけられる。今までも、そしてこれからも一人じゃない。

ここまで時間がかかったけれど、それが分かっただけでも、生きていて良かったと思えた。

［ 5分後に感動のラスト ］

Hand picked 5 minute short,
Literary gems to move and inspire you

格闘《かくとう》ゲームの憂鬱《ゆううつ》

魔王源

ハルは十年前に自殺した。二十七歳《さい》の夏、彼は中央線上り快速に飛び込《こ》んだ。

それからというもの、僕は抜《ぬ》け殻《がら》のようになって毎日を過ごした——というのは嘘《うそ》だ。ハルとつるんでいたのは、学生時代のことだ。就職してからは、めっきり会う機会が減ってしまっていた。

僕たちはゲーマーだった。中学生の頃《ころ》に格闘ゲームにはまり、その後の人生をゲームの世界で強くなることに費やした。世間から見れば本当に不毛な時間の使い方だったろうと思う。それでも僕たちは幸せだった。

就職を機に、僕はゲームから遠ざかった。少しばかり飽《あ》きがきていたのかもしれない。仕事が楽しくなったということもある。僕はプログラマになった。残念ながらゲームではなく、業務用ソフトウェアの開発だったが、それでも「作る側」に回ったという充実感《じゅうじつかん》はあった。

ハルはゲームから離《はな》れなかった。就職はうまくいかず、入社して三ヶ月で会社を辞めた。

無職となったハルは、一層ゲームにのめりこんだ。昼間からゲーセンに入り浸《びた》り、技術を磨《みが》いた。その頃には彼に敵《かな》う者はいなくなっていた。ハルはゲームの世界の帝王《ていおう》であり、そして圧倒的《あっとうてき》に孤独《こどく》だった。

ハルが自殺した理由ははっきりしない。電車に飛び込むひと月前に祖父が他界した。彼の両親はそれが原因だったと考えているようだ。確かにハルはおじいさんが大好きだった。でも僕の考えは違《ちが》う。

ハルが死ぬ少し前あたりから、格闘ゲームは急速に衰退《すいたい》していった。いや、格闘ゲームが、じゃない。ゲーム自体の質が大きく変化したのだ。ハルが死を選ばざるを得なかった本当の理由は、そのあたりにあるような気がしている。

延々と連なる繁華街《はんかがい》をあてもなくぶらぶら歩く。まだ十五時だというのに街は賑《にぎ》わっている。今日は金曜日。人々の心は既《すで》に飲み会に飛んでいるようだ。

日が落ちるのは随分《ずいぶん》と遅《おそ》くなったが、ここには他の場所よりも早く夕方が訪れるように感じる。狭《せま》い道の両側に、居酒屋やカラオケやカフェが乱立しているせいで、太陽の光が入りにくいからだろう。焼き鳥屋の前に小さなテーブルが並び、男たちが座って酒を飲んでいる。

小さな居酒屋が目に留まり、中に入った。カウンター席に案内され、生ビールと枝豆を注文した。腹は減っていないのだが、何も頼《たの》まないわけにもいかない。ホッケの塩焼きを店員に勧《すす》められたが、丁寧《ていねい》に断った。

先月、僕は会社をリストラされた。社長に呼び出され、会社を辞めてほしいと言われた。何となく察しはついていた。客からの注文が激減し、職場にいてもすることが何もない日が続いていたからだ。経営状態が芳《かんば》しくないのは分かっていた。誰《だれ》が悪いというわけでもない。産業構造が変化したのだ。この業界ではよくある話である。少し前まで必須《ひっす》だった技術が数年で陳腐化《ちんぷか》し役立たずとなる、それがＩＴの世界だ。

社長の申し出を断ることもできた。しかし僕はそれを受け入れ、黙《だま》って退職届を書いた。この会社にいても成長は望めない。それだけは確かだった。

腕《うで》には自信があった。この年になるまで、誰よりも真剣《しんけん》に仕事に打ち込んできたつもりだ。新しい職場なんてすぐに見つけられると思っていた。しかし現実はそんなに甘《あま》くなかった。三十件以上の会社に履歴書《りれきしょ》を送ったが、未《いま》だ芳しい返事を貰《もら》えていない。既に募集《ぼしゅう》は締《し》め切った、だとか、スキルミスマッチだとかいう理由で丁寧に断られた。

会社をクビになったことをまだ妻に伝えていない。妻も仕事や育児が忙《いそが》しく、このところ余裕《よゆう》のある表情をあまり見ない。そんな妻にクビになったことを伝えるのは、それなりに勇気が必要だ。家族には迷惑《めいわく》をかけたくない。すぐに新しい職場を見つけて、不安要素を減らしてから妻には伝えようと思っていた。

ビールは一向に減らない。元々それほど飲む方ではなかった。何杯もビールジョッキを空《あ》ける連中を見ていると、アルコールの強さに対してよりも、それだけの水分を摂取《せっしゅ》できることに驚《おどろ》く。同じことをコーラでやれと言われたら、苦痛でしかないはずだ。人間は、酔《よ》っぱらうと不思議な忍耐力《にんたいりょく》を獲得《かくとく》するらしい。

さすがに居づらくなってきた。食べ物でも注文すれば気が紛《まぎ》れるのかもしれないが、まるで食欲が湧《わ》いてこない。店員の視線も冷たくなってきた。いや、これはたぶん被害妄想《ひがいもうそう》だ。バイトの店員の給料は、店の売り上げが高かろうが安かろうが変わらない。だからよほど店に愛着がない限り、客数や注文量になんて気を遣《つか》わないはずだ。それでも気持ちがいたたまれなかった。

そろそろ店を出ようと立ち上がりかけたとき、隣《となり》に客が座った。そしてビールを注文した。それはかなり奇妙《きみょう》なことだった。カウンター席にはまだかなり空きがある。まともな神経の持ち主であれば、他の客の隣に座ろうとはしないだろう。少なくともひとつは間隔《かんかく》をあけるのが普通《ふつう》だ。僕は首を曲げ、隣の客を見た。


座っていたのはハルだった。

黒いシャツを着て、ジーパンを穿《は》いている。ハルは滅多《めった》に髪《かみ》を切らない。無造作に伸《の》びた長髪を後ろに流し、ヘアゴムでとめている。十年前と何も変わっていない。

「久しぶり」僕は言った。それ以外の言葉が思い浮《う》かばなかった。

ハルは何も言わず、笑顔でこちらを見た。それから長い沈黙《ちんもく》があった。聞きたいことはいくらでもある。けれども上手《うま》く言葉にならない。

僕たちはそこでしばらく話した。

正確に言えば、僕が一方的にしゃべり続けていただけだ。ハルは嬉《うれ》しそうに、僕の話に耳を傾《かたむ》けていた。ハルが隣にいると食欲も湧いてきた。自然とゲームの話になった。僕のゲームについての知識はずっと昔に止まったままだ。だからどうしても古い話になる。けれども、それはむしろ好都合だった。何しろ、ハルの時間は十年前で止まっているのだから。

ハルは幽霊《ゆうれい》なのだろうか。居酒屋の店員たちは彼の注文に応《こた》えている。僕だけに見えているわけではなさそうだ。

自殺が狂言《きょうげん》だった、という可能性はないだろうか？　いや、そんなはずはない。僕は葬式《そうしき》に出席した。棺《ひつぎ》の中には間違いなくハルの死体が収められていた。電車に飛び込んだハルの身体は、原形を留めない無惨《むざん》な状態だったというが、僕が見たときには見事に繋《つな》ぎ合わされていた。顔の外傷が少なかったこともあり、僕はその死体がハルであることを十分認識することができた。

ハルが席を立った。どうやら店を出たいようだ。居酒屋の外に出るとすっかり暗くなってしまっていた。店の照明が道を照らし、まるでお祭りのようだ。誰もが幸福そうで、夢と希望に満ちている。

「今日は楽しかった」僕は言った。ハルは笑顔のまま何も言わず、駅のほうに歩いていく。僕はハルについていった。

僕たちは中央線の上り列車に乗り込んだ。ハルを殺した電車だ。そして同時に、僕の通勤電車でもある。

いつものように電車はすし詰《づ》めだった。駅員たちは「次の電車を待て」と客に諭《さと》すが、誰も言うことを聞かない。次の電車も、その次の電車も似たようなものであることを知っているからだ。こんな光景は日本特有のものだと思っていたが、近頃では世界各地で見られるようだ。時折ニュースサイトで見られる世界の混雑の図は、日本のそれよりもはるかに悲惨で、非人道的だ。いつ死人が出てもおかしくない方法で通勤している人たちが、世界に数えきれないほど存在する。人間は、金が絡《から》めばどこまでも逞《たくま》しくなれる生き物なのだ。

ハルは涼《すず》しい顔をしている。彼が飛び込んだとされる駅を通過したときも、表情ひとつ変えなかった。一体どういうことだろう。

「どこへ行くんだ?」僕は聞いた。相変わらずハルは何も言わない。行けば分かる、ということだろうか。

国立《くにたち》駅で僕たちは降りた。かつて通っていた予備校のある街だ。当時浪人生《ろうにんせい》だった僕もハルも、ろくに勉強をした記《き》憶《おく》がない。授業をさぼり、近くのゲーセンに入り浸った。

店の名前は「宇宙船」といった。ふざけた名前だ。店員たちも、経営にやる気があるわけではなさそうだった。ただゲームは好きだった。宇宙船では非公式な大会が頻繁《ひんぱん》に行われ、僕たちはそこにのめり込んでいった。あれでよく大学に入れたものだ。必殺コンボの手順を指先に染み込ませた記憶しかない。

宇宙船にはトレンドに関係なく、往年の名機が置かれていた。何より僕たちが好きだったのがストリートファイターZERO3だ。それはまるで奇跡《きせき》のような存在だった。僕たちがはまっていた当時ですら、そのゲームは時代遅れの代物《しろもの》だった。何年も前にリリースされ、ずっと人気があった。ゲーム会社にとってはやっかいな代物だ。古いゲームでずっと遊ばれると、新しいゲームが売れない。ゲームというものは、すぐに飽きてしまうものが一番儲《もう》かる。いつまでも遊べるゲームは、資本主義の敵なのだ。

この駅でハルが僕を連れていく所と言えば、あのゲーセンしかない。けれども残念なことに、宇宙船はもう何年も前に潰《つぶ》れてしまっている。ゲームセンターの置かれている状況《じょうきょう》は、昔とは随分変わってしまった。ＵＦＯキャッチャーといくつかのレーシングゲーム、それからメダルゲームが幅《はば》を利かせている。筐体《きょうたい》を見かけることは殆《ほとん》どなくなってしまった。

今のゲームセンターは、家族やカップルや、学校帰りの学生の集団が賑やかに楽しむ場所だ。僕たちのような、ひたすらにゲームと向き合い続ける人種の居場所はない。そういう文化を頑《かたく》なに守り続けた店は、殆どが滅んだ。

ハルはそのことを知らないのだろう。すたすたと早足で宇宙船の方に向かっていく。僕はついていくしかなかった。潰れている店をみたら、ハルはどんな顔をするだろう。あの店は、確かに僕たちの魂《たましい》だった。

驚いたことに店は開いていた。電飾《でんしょく》に彩《いろど》られた看板が、夜の街を照らしている。そんなバカな。戸惑う僕を尻目《しりめ》に、ハルは店へと続く階段を下りていった。

宇宙船は何も変わっていなかった。定間隔で筐体が並び、モニターの明滅が薄暗《うすぐら》い店内を照らしている。違和感があるとすれば、僕たち以外に客がいないということだけだ。
それにしても、どうして店が開いていたのか。僕の記憶では、宇宙船は何年も前に閉店したはずだ。最後の営業日に店を訪れたから、よく覚えている。浪人をしていた頃と、同じ人間が店員をしていて驚いた。僕はその店員と少し話をした。「頑張ったけど、もう無理だ」店員は寂《さび》しそうに言った。その時僕は、少し罪の意識を覚えた。僕だって既に、ゲームから足を洗っていたのだから。

ハルは迷うことなく一台の筐体の前に座った。僕はその対面に座る。ストリートファイターZERO3。最高の格闘ゲームだ。2D格闘ゲームの時代はそこで終わった。僕はそう信じている。役者は出揃《でそろ》い、技も充実した。考えられる全ての洗練がそこにあった。ハメ技はゲームシステムによって見事に封《ふう》じ込まれている。安定した仕様。これ以上は何もいらない。あとは好敵手さえいれば、永遠に遊び続けることができる。僕たちは麻薬《まやく》のようにそこにのめり込み、惜《お》しげもなく青春を捧《ささ》げたのだ。

コインを投入し、キャラクターを選択《せんたく》する。僕もハルも使用キャラは決まっている。頭の中に熱い血液が流れ込むのが分かった。精神がクリアになる。注意力の全てがモニターとレバーを握《にぎ》る左手、ボタンに添《そ》えた右手の指先に集中する。そのほかには何も見えない。さあ、戦いの始まりだ。

優劣《ゆうれつ》の差は明確だ。僕がゲームを止めた後も、ハルはゲームに情熱を注ぎ続けた。僕の神経回路は既に衰《おとろ》えている。ブランクは否定できない。けれどもそれは言い訳にできない。わずかな反応の差が勝敗を分ける。この世界では一切のごまかしが利《き》かない。

僕の攻撃《こうげき》はハルに完全に読まれている。タイミングに問題があるのだろうか？　いや、そうじゃない。「読まれているような気がする」だけだ。無駄《むだ》な思考は全て排除《はいじょ》しなければならない。思考は反応を鈍《にぶ》らせる。今必要なのは反応であって思考ではない。モニターに注意を戻《もど》す。そこに映し出される敵――ハルの操る敵をじっくり観察する。

駄目だ。とても勝負にならない。そう思いながらも僕はゲームを止めない。財布の中にコインはあと何枚残っているだろう？　そんなことは気にしなくていい。学生の頃とは違う。一プレイ五十円が生活に影響《えいきょう》を与《あた》えていたのは子供の頃の話だ。僕はもう子供じゃない。今の僕はどこにでもいる、つまらない中年だ。でもそんなことはどうだっていい。今はただ、目の前の戦いに集中するのだ。

僕はこの状況を心の底から楽しんでいる。何回負けたろう？　これはプライドを懸《か》けた戦いだ。敗北は精神に大きなダメージを与える。けれども今は、その屈辱《くつじょく》すら快感だ。

僕は生きる喜びを味わっている。

僕はゲームを止めるべきではなかったのか――？　そうじゃない。どこかで止めなければいけなかった。今の僕には家族がある。妻があり、子供がいる。そのことに後悔《こうかい》はない。

でも、だからといってハルの選択が間違っていたわけじゃない。ハルは留まり続けることを選んだ。永遠に子供であり続けることを選んだ。それだってひとつの選択だ。何が正しくて、何が間違っているかなんて誰にも分からない。

間違いがあったとしたら、ハルと疎遠《そえん》になったことかもしれない。大会に誘《さそ》われてもやんわりと断るようになった。それは仕方がないことだ。僕は現役を引退したのだから。けれども、ハルを遠ざけたとき、僕は心のどこかで彼の選択を否定していたような気がする。いつまでも子供じゃいられない——それはあくまで僕の選択だ。

僕は心のどこかで、ハルを軽蔑《けいべつ》していたのではないだろうか。ハルに自分の選択を押《お》しつけていたのではないか？

最後の最後で僕は一勝した。財布の中の小銭は尽《つ》き、もう一万円札しか残っていなかった。宇宙船の両替機《りょうがえき》は千円札以上を受け付けない。高額紙幣《しへい》の両替は御法度《ごはっと》だった。それはゲームに人生を捧げてきた僕たちにとって、ある種のセーフティネットとして機能していた。

僕は席を立った。大人げないことをしたものだ。コインが尽きるまでゲームを続けるなんて、もうじき四十になろうとする人間のすることじゃない。けれどもその過程を経て、僕は少しだけ浄化《じょうか》されたような気がした。子供のように何かに夢中になることは、あらゆる人間にとって必要なのだ。大人だって、老人だってそこは変わらない。

「楽しかった」僕は言う。

「でも、君とは一緒《いっしょ》に行けない」そして続ける。

ハルは笑顔で僕を見た。こいつはそういう男なのだ。最後の最後まで笑顔を絶やさない。どうして自殺なんかしたりしたんだろう。まだやるべきことはあったはずだ。諦《あきら》めなければ、生きる道が見つかったはずだ。

「もう大丈夫《だいじょうぶ》そうだな」ハルが言った。そして彼の身体はゆっくりと薄くなっていった。

ハルは空気の中に溶《と》け込んでいき、しばらくして消滅した。

強い光を浴びて目を覚ました。それは階段を通り、店の中に差し込んだ太陽の光だった。起き上がって頭を振《ふ》る。足腰《あしこし》がひどく痛む。

しばらく辺りを見渡《みわた》し、そこが宇宙船であることを確認した。けれどもゲームの筐体はどこにもない。換金《かんきん》可能なものは全て売られてしまったのだろう。床《ゆか》には古くなったマットが敷《し》かれており、あちこちからコードが飛び出している。

埃《ほこり》の匂《にお》いがする。長い間人に見捨てられた倉庫のような匂いだ。宇宙船が潰れてからもう何年も過ぎているが、新しいテナントが入る見込みはないらしい。

少し中を歩くと、かつてゲームセンターであった痕跡《こんせき》をいくつか見つけることができた。プラスチックのカプセル――UFOキャッチャーの景品が入っていたのだろう。それから中央の大きな柱に、数年前人気のあったゲームのポスターが貼《は》られている。かつてカウンターだった場所には、ゲームキャラのシールが無造作に貼られていた。何のキャラだったろう？　名前は思い出せない。

小さな棚《たな》を見つけた。中には古いゲーム雑誌と、何冊かのノートが収められている。いわゆる「ゲーセンノート」というやつだ。

ノートをぱらぱらとめくっていき、あるページで手を止めた。

２０ｘｘ・10・12

ハルが中央線に飛び込む前日の日付だ。そこにハルの筆跡を見つけた。

内容はゲームの攻略法だった。筆圧の低い、小さくか細い文字で、びっしりと書かれている。最後にこう書かれていた。

明日は大会。頑張るぞ！　＼(^Д^*)／

ハルの死は自殺ではない、あれは事故だったのだ――僕はそう信じることにした。

ハルは最後までゲームと共に生きた。世間の常識からすれば、彼はひどく不幸な人間ということになるだろう。けれどもハルは自分なりの幸福、生きがいを見つけていたのだ。

階段を上って店を出ると、朝の空気を感じた。目の前の道路を車が通り過ぎる。人々は忙しそうに歩いていく。携帯《けいたい》電話を耳に当て、大声で話しながら歩く老人。不機嫌《ふきげん》そうな顔で駅に向かう女性。肩掛《かたか》け鞄《かばん》を振り回す若者の集団。母親にだっこをせがむ幼児と、仕方なくそれを受け入れる母親。早口の外国語で話すアジア風の男たち。いつもと同じ光景、変わらない日常。けれども以前よりも少しだけ、風景がクリアになったように思える。たぶん変わったのは世界じゃなく僕の方だ。

腹が減った。ファミレスでモーニングセットを食べよう。それから家に電話をかけなければいけない。

僕にはまだ、やらなければいけないことが沢山《たくさん》ある。

［ 5分後に感動のラスト ］

Hand picked 5 minute short,
Literary gems to move and inspire you

嘘《うそ》

綿瀬夕

第一章

西暦《せいれき》二〇八〇年。

産業革命から続く技術革新は留まることを知らず、今もなお成長を続けて僕達の生活を豊かにしていた。

電車や車は全て無人運転。

家電製品はその人の脳波に合わせて作動し、その人が過ごしやすい環境《かんきょう》を提供してくれる。開発こそされていないが、タイムマシンもうすぐできるという噂《うわさ》だ。

正直これ以上の進歩はないのではないかと言われている。


そんな科学技術の進歩の中でも特に発達した分野は医学だった。

ありとあらゆる病気は全て治療《ちりょう》薬が開発され、診断《しんだん》技術も格段に上がり誤診などは万に一つも起こらない。不治の病なんて言葉はもはや都市伝説と化した。

これらはすべて、二十年ほど前、つまり僕が生まれた頃《ころ》に導入された医療機器「ラプラス」によってもたらされた恩恵《おんけい》である。

ラプラスに血圧、体温、年齢《ねんれい》などありとあらゆるデータを打ち込《こ》むことでその人の体調を正確に読み取り、具体的にどこに問題点があるのかが分かる。さらに驚《おどろ》くべきことに、導きだした健康状態からその人の寿命《じゅみょう》を正確に導き出すこともできる。

名前の由来は、物理学者のピエール＝シモン・ラプラスによって提唱された空想上の生物「ラプラスの悪魔《あくま》」だ。与《あた》えられたデータから寿命を算出し、さらには患《かん》者《じゃ》にその事実を容赦《ようしゃ》なく突《つ》きつける。これほどまでにふさわしい名前はないだろう。

僕は今その悪魔の目の前にいる。

別に病気になったわけじゃない。

だが、現代の日本では二十歳《はたち》以上の国民は年に一度の健康診断を兼《か》ねた寿命診断が義務付けられている。今日がその日というだけだ。

当然僕は実際にラプラスを見たことはなかった。学校の授業かなにかで直方体状の写真を見たことくらいかもしれない。

受付の指示通り部屋の中に入ると、得体のしれない空間が僕を待っていた。

室内はエレベータほどの大きさになっていて、壁《かべ》のところどころに見慣れないものが付いている。手狭《てぜま》な空間がもたらす圧迫感と初めて見る光景が、僕の体に緊張《きんちょう》感《かん》を与えた。

「それでは検査を開始します。音声案内の指示に従ってください」

突如《とつじょ》、女性の声で室内にアナウンスが流れる。この声を聞いてようやくこの部屋自体がラプラスであることに気づいた。医療機器というからには何か大きな機器がたくさんあるものだと考えていたが、どうやら僕が壁だと思っている空間に内蔵されているのかもしれない。

アナウンスの声も、人間の声そっくりに作られた人工の声だ。公共施設《しせつ》や家電のアナウンスにもよくこの声が使われている。僕は不安ともいえる違和感《いわかん》を覚えた。

「本名、生年月日、現住所を教えてください」

「綾辻慶介《あやつじけいすけ》、二〇六〇年十二月十五日、H県K市Y町二―一五」

「では向かって右側の赤い印に合図があるまで指をあててください」

赤い印には細いゴム管が繋《つな》がれていた。おそらく採血をするのだろう。

指をあてると予想通り自分の血液が透明《とうめい》な管を赤黒く染めていく。痛みは全く感じない。蚊《か》の針を模倣《もほう》した技術が使われているのだろう。

「指を離《はな》してください。次は左側にあるスティックで唾液《だえき》を採取してください。採取した後は…………」

その後も似たような検査は続き、検査が全て終わったのは二時間後だった。

「検査結果は一週間後にメールで送らせていただきます。何か病気が診断されましたら医師の指示に従ってください」

最後のアナウンスを聞き、部屋を出ると黒髪《くろかみ》の女性が壁にもたれて立っていた。

恋人《こいびと》の宮部有紀《みやべゆき》だ。

有紀は僕に気づくと手を振《ふ》って近づいてきた。

「検査長かったね」

いつも通りの優《やさ》しい笑顔で話しかけてくる。

「うん、もうぐったり。もしかして有紀は寝《ね》てた？」

彼女の目が赤かったから茶化すつもりで言ってみた。

「え……バレちゃった？　だって検査長いんだもん」

彼女は拗《す》ねたようにそう言った。

ごめん、と僕は軽く笑い、帰ろうかと言って、手を繋いだ。

手を握《にぎ》ると彼女のぬくもりが伝わった。さっきまでの一様な冷たさを持つ機械とはまるで違《ちが》う。

当たり前のことだけど、僕はこのぬくもりを確認するたびに安堵《あんど》する。

このぬくもりに、僕は何度助けられたことか……。

僕の両親は五年前に転落事故で他界した。

一人っ子で近しい親戚《しんせき》もいなかった僕は、家に引きこもった。

でもそんな時、有紀は毎日僕の隣《となり》にいて心の闇《やみ》を取り除いてくれた。

感謝してもしきれない。だからその分、彼女は絶対に幸せにしたいと思った。

「それにしてもさ、寿命がわかるってなんか嫌《いや》だな」

僕の言葉に彼女は静かにそうだねと返した。

「でも、寿命が分かるから大切に生きようとも思えるよね」

彼女はおとなしそうな見た目とは裏腹に強い人間だ。彼女の言葉や行動にはいつもバイタリティを感じ、そのたびに自分の弱さが嫌になる。彼女のまぶしさに僕は目をそらしたくなって、だけどそんなことを考えてる自分にも目をそらしたくなる。負の連鎖《れんさ》だ。悪い癖《くせ》なのはわかってるけど止まらない。

その日の帰り道は心なしか二人とも口数が少なかった。


検査から一週間後の朝、寝室に小さく響《ひび》いたメールの受信音は僕を目覚めさせるには充分《じゅうぶん》だった。

「今何時?」

五十年ほど前から生活の主流になったウェアラブルデバイスに話しかける僕の声は、寝起きのせいかいつもより少しざらついていた。

「午前六時です」

ラプラスにも搭載《とうさい》されていた女性の声が静かな寝室に響く。

おかしい。アラームは七時に設定しているから、普通《ふつう》のメールは受信音が出ないはずだ。そこまで考えて受信音の原因に気づいた。

「もしかして検査結果？」

「そのようです。内容を確認しますか？」

「うん。頼《たの》むよ」

「検査結果はおおむね異常ありません。しかし、寿命に関して重大な報告がありま す」

重大な報告。

その言葉に僕は特に違和感を覚えなかった。

寿命に関する情報、もっと端的《たんてき》にいえば人の命に関する情報に重大でないものなどないと思っている。命に関することを情報という言葉を遣《つか》って表すことにも違和感を覚えるほどだ。

「で、何歳なの?」

ただこの時は、時間を尋《たず》ねるような感覚だった。

今にして思う。

まるで実感のないものに対して、人間はいつの日だって鈍感《どんかん》だ。たとえそれが、どれだけ巨大《きょだい》でわかりやすい顔をしていても。

「あなたの寿命は九九・九九パーセントの確率で二十一歳と三十五日です。余命は四十五日です」

第二章

「情けない話ですが、ラプラスに原因がわからなければ私達にはわかりません」

少し白髪が交じった今野と名乗る医師は眉《まゆ》を寄せそう言った。

あのメールの続きには死因が報告されたのだが原因は不明。

急いで病院に来たがこのありさまだ。

「ラプラスが誤作動を起こしたとかじゃないんですか」

平静を装ったつもりだったが、僕の声は震《ふる》えていた。

「正直、前例がありませんし何とも……ラプラスが誤作動を起こしたというのも信じがたい話ですし」

「前例がないって……再検査！　再検査します！」

藁《わら》にもすがる思いだった。こんなところで死ねない。まだやりたいことがある。見たいものも行きたいところも。それに有紀のことだって。

この後、僕はすぐにラプラスの検査を受けた。

無理を言って分析《ぶんせき》も急いでもらった。

そのおかげで翌日には検査結果が届いた。

でも検査結果は、残酷《ざんこく》なほど一致《いっち》していて、唯一《ゆいいつ》変わったところといえば余命が一日減ったことだった。

二度目の検査結果を受け取って二日、僕はまともに眠《ねむ》れていなかった。目をつむる度《たび》に訪れる闇に飲まれそうで、それがただ恐《おそ》ろしかった。

メディアでは僕のことが騒《さわ》がれていた。

「未知の病、発見」「ラプラスに故障か?」「恐れていた事態」いろんな文句で世の中を飛び交っていた。

せめてもの救いは匿名《とくめい》で放送されていることだった。

それにしても、こんなに大々的に放送されると、まるで自分のことじゃないみたいに思えてくるから不思議だ。

「……元気ないね?」

俯《うつむ》いて歩く僕を覗《のぞ》き込むようにして有紀は言った。

「……ああ、少し風邪《かぜ》気味みたいなんだ」

わざとらしく咳《せ》き込んで答える。

何か僕に言いたそうだったがそれを飲み込んで、早く病院に行かないとねと付け加えた。

「それにしてもこのニュース大変だよな」

他人事《ひとごと》みたいに言うと本当に自分は関係ないように思えて少し気が楽になった。

「そうだね。本当に心配だよ」

そういう彼女は少し浮《う》かない顔をしている。

彼女は本当に心配しているのだろう。どこの誰《だれ》とも、何歳かもわからないような実態のない人物のことを。

「有紀は本当に優しいな」

彼女に向けたつもりが、その言葉は行き場を失ったように響いた。

そんなことない、と彼女も小さく呟《つぶや》いた。

しばらく続いた沈黙《ちんもく》を破ったのは有紀だった。

「来週の土曜日なんだけど、慶ちゃん誕生日でしょ。私の家で一緒《いっしょ》にご飯食べない？」

お父さんも、お母さんも会いたがってるし、と付け加えた。

少し迷って、考えとくよ、と言った。

どちらかというと彼女の両親に会うのは苦手だ。

彼ら自体が苦手というより、久しぶりに家族の雰囲気《ふんいき》みたいなものに触《ふ》れるとどうしていいかわからなくなるからだ。

本当の両親みたいに思ってくれていい、と彼らは言うけど、そんな簡単なものじゃない。

「慶ちゃんの誕生日は一緒にいたいな」

懇願《こんがん》するように彼女は言った。

だけど僕はその「誕生日」という言葉に苛立《いらだ》ちを覚えた。めでたい日なのかもしれないが今となっては僕の余命を示す言葉でしかないからだ。

「別に誕生日なんてどうでもいいじゃん。会おうと思えばいつでも会えるじゃん」

自然と溢《あふ》れた言葉は、わずかながらにもトゲを潜《ひそ》ませていた。それに彼女も気づいたのだろう。

「なんでそんなこと言うの。慶ちゃんの誕生日じゃん?」

心底悲しそうに彼女は言うが、僕にとってはそれが無性にたまらなかった。だから言ってはいけない、言わないでおこうと思っていた言葉を言ってしまった。

「僕さ、二十一歳になったら死ぬんだってさ。ラプラスで診断されたから間違いないって。原因はわからないらしい」

口から出てみれば大したことはなかった。自分でも意外なほどにスラスラ言葉が出た。

よほど驚いたのか、有紀は黙り込んでいる。

「だからさ、誕生日のお祝いとかやめて。僕からしたら死ぬのを祝われているようにしか思えないからさ」

できるだけ冷たく彼女の心を傷つけるように言う。

ここまで言ったからには最後まで言わなければならない。

「あとさ、別れようか僕達」

「なんで。なんでそうなるの？」

彼女の声がところどころ途切《とぎ》れる。

「仕方ないじゃん。僕もう死ぬんだし。原因がわかって新薬が開発されれば別だけどね」

冗談《じょうだん》めかして彼女に言う。

その言葉を咎《とが》めるように彼女は僕を見て言った。

「そんなのわからないよ！　もしかしたらあと一か月で何か特効薬ができるかもしれないじゃん！　なんでそんなこと言うの！　なんで自分のことなのに他人事みたいに話せるの！」

それだけ言うと彼女はその場に座り込んだ。

彼女から溢れる涙《なみだ》がアスファルトを濡《ぬ》らす。

だけどそれが乾《かわ》くまで待つ気はない。

僕は彼女に背を向け、じゃあね、とだけ言って歩き出した。

助けてくれよ。

口には出さずにぐっと飲み込む。

背後に聞こえる泣き声が、消えるまで歩いて空を見上げた。空には何もなくてただ闇が僕を見ているだけだった。

家に帰るとメールが送られてきた。

有紀からだ。

「内容は?」

ウェアラブルデバイスに言う。

「誕生日会と別れ話についてです。読み上げますか?」

「いやいいよ。自分で読む」

内容はひどく簡潔で、別れる代わりに誕生日会には来てくれという内容だった。

そう言われて行くわけがない。

別れなくても俺が有紀に会わなければいい話だ。

そう思っているとまたメールが送られてきた。

「また有紀?」

「いえ違います。送り主は不明です。内容を読み上げますか?」

送り主不明っていたずらメールか？

「とりあえず読み上げて」

嫌な思いを紛《まぎ》らわしたいという気持ちもあり、送り主不明のメールを確認することにした。

「かしこまりました——一年前の僕、元気か？　多分今頃自暴自棄《じぼうじき》になって有紀と別れた頃だろう」

そこまで聞いて僕は困惑《こんわく》した。

一年前の僕？　いたずら？　でも、なんで別れたことを知ってるんだ？

いろんな疑問が僕の脳内を駆《か》け巡《めぐ》った。

「そんな君に朗報だよ。結論から言って君は助かる。まあ、助かると言っても完治ではないけど。だけど治療の甲斐《かい》あってかなんとか今も生きてる。ただ、一つだけ訃報《ふほう》がある。よく聞いてほしい。君の……僕のせいで有紀は死ぬ。詳《くわ》しいことは言えないが、誕生日会には必ず行け。そうしないと君は死ぬより辛《つら》い人生を送ることになる。どうか有紀を助けてくれ——以上で読み上げを終わります」

どうなってる、全く意味がわからない。なんで有紀が死ぬんだ。それも僕のせい？

自殺なのか？

いろんな疑問が意識を埋め尽《う　つ》くす。

まさか本当にタイムマシンなのか？

確かに、データは質量を持たないから理論上では可能ってどこかで聞いたことはあるけど。

でも、たった一年だぞ。たった一年で開発されたのか？

確認のためにメールを送ったがエラーと画面に表示された。

嘘《うそ》だろ。

メールを完全に信じたわけではないが、有紀のことが気にかかる。

結局一晩考えて有紀に行くとだけメールを送った。

第三章

「誕生日おめでとう！」

クラッカーの破裂音《はれつおん》とともに宮部家のみんなが僕に向けて言う。

有紀に連れられてリビングに入ってすぐのことだった。

一瞬呆気《いっしゅんあっけ》に取られたが、ありがとうございますとだけ言って席に着いた。

「慶介くん、なんだか少し元気がないね。有紀もここのところ元気がないし二人とも何かあったの？」

有紀の父、圭吾《けいご》さんが心配そうに僕に言う。

圭吾さんの顔は目鼻立ちがはっきりしているが、それほど濃《こ》い印象を受けない。メガネをかけているからかもしれない。

「いえ、ちょっと驚いただけです。それに僕達には何もないですよ。あと今日はわざわざありがとうございます」

圭吾さんとキッチンにいる有紀の母、沙希《さき》さんに聞こえるように、できるだけ明るく言った。

あと三十五日か。

残された日数を考えると、不安に潰《つぶ》されそうになる。だから数えないようにしてたけど、今日二十一歳になったんだから否が応でも残りの日数がわかってしまう。

「ご飯できたよ」

そう言う沙希さんの笑顔は本当に有紀そっくりだ。

有紀も年をとったらこんな感じの優しいお母さんになるのだろう。

ラプラスに余命宣告されてからまともなものを食べていない。だから軽いものを数口食べて食事をやめようかと思っていたが有紀が既《すで》に取り皿におかずをよそっていた。

「これ私が作ったの」

そう言って出されたお皿には唐揚《からあ》げがのっていた。

食べて、とぎこちない笑顔で僕に言った。

有紀にこんな顔をさせるつもりじゃなかったのに……。

僕は彼女への罪悪感を少しでも消すために唐揚げを口に運ぶ。

唐揚げを噛《か》むたびに肉汁《にくじゅう》が溢れる。

美味《おい》しいよと彼女に言う。

言ってから自分の声が震えていることに気づく。

有紀は驚いているように、それでいて哀《かな》しそうに僕を見つめる。

「慶ちゃん……」

泣いている。それを自覚することでまた涙が溢れる。

その循環《じゅんかん》は留まることを知らず、ブレーキが壊《こわ》れた自転車みたいに加速していった。

でも僕は、そんな自分の情けない感情にどうしようもなく生を感じた。

決壊したダムみたいに溢れだした涙は僕の心も巻き込んで、大事にしまいこんでた本音を流してくれた。その声は三人には聞き取れなかったかもしれないがそれでもよかった。理解してもらわなくても、慰《なぐさ》めてもらわなくてもただ吐《は》きだすだけでよかった。


僕は全てを話した。

謎《なぞ》の病のこと。余命のこと。有紀のこと。本当は一緒にいたいこと。

話している途中で有紀は泣いていた。

圭吾さんと沙希さんは何も言わずに抱《だ》きしめてくれた。

その温かさに触れていると、僕はあと一か月で死ぬかもしれないのに、なんとなくこれでもいいかななんて思ってしまった。

僕が落ち着いたところで有紀ともう一度話し合うことにした。

この先のこと、メールのこと。

メールのことを話すと驚いたようにしていたが、「不思議だね。でもまあ、いっか」なんて言って彼女は笑った。

「でも、もし慶ちゃんが死んだら、私も死んでたかもしれない」と彼女は静かに呟き、僕を茶化すように続けた。

「でも良かった。慶ちゃんとまた話せて。唐揚げ作って正解だったな。でも泣くってそんなに美味しかった？」

僕は今更《いまさら》恥《は》ずかしくなって視線を足元に落とした。

「味は普通だったんだけど、なんだろう……なんだか懐《なつ》かしい感じがしたんだよ」

僕がそう言うと彼女は震える声で「それは愛情っていうんだよ」とだけ言った。

その言葉にふと視線をあげる。

そうかもしれない。

口には出さなくても互《たが》いの気持ちが伝わったような一瞬だった。

第四章

たった今、彼の葬儀《そうぎ》が終わった。

ラプラスの診断通り彼は二十一歳と三十五日で他界した。

死因は結局不明のままだった。

寝室で最期《さいご》を迎《むか》えた彼は、死の恐怖《きょうふ》から解放されたせいかとても穏《おだ》やかな顔をしていた。

彼を失った悲しみが私を遠慮《えんりょ》なく襲《おそ》う。

だけど、その悲しみの裏で私は少しだけ安心していた。

彼は最期まで自分を大切にしてくれたと。

彼がラプラスの検査を受けたあの日の朝、私のもとに一通のメールが届いた。


送り主は七年後の私。


最初はタチの悪い悪戯《いたずら》かと思った。

でも、メールの内容を読み進めていくうちに私は不思議とこのメールは自分が書いたものだと思えた。

「こんにちは、七年前の私。私の名前は宮部有紀。

つまり、七年後のあなたよ。どうしても伝えたいことがあって、未来からメールを送ってるの。でもこれだけじゃ信じてもらえないと思うから二人の思い出を一つだけ話します。

何を話すか迷ったんだけど、初デートの話にしようかな。

初デートの場所は映画館。慶ちゃんは私の好みに合わせて恋愛映画を観ようと言ってくれたね。だけど、その日はチケットが売り切れてて唯一空いてたホラー映画を観たよね。たしか、タイトルは『感染』だったかな？　二人とも怖いの苦手なのに意地張ってチケット買って観たね、結局二人ともほとんど目を閉じてて内容なんて全く覚えてないけど……。いま、思い出しても笑える。あの頃は本当に幸せだったな。

……これで信じてもらえたかな？

信じてもらえたか少し不安だけど本題に入るね。

慶ちゃんは今日のラプラスの検査で寿命が二十一歳と三十五日だという診断を受けるわ。結果が出るのは一週間後だけど。

信じられないよね、あんなに元気だったのに。

死因は不明と診断される。私の時代では原因もわかって治療薬も開発されてるんだけど、これを教えてしまうと過去の人間の寿命を過度に延ばしてしまうことになるから禁止されているの。すごく歯がゆくはあるんだけど……ごめんね。

だけど、本当に問題なのはここから。

彼は、慶ちゃんは寿命通りには死なない。

それよりも早く死ぬ。……誕生日に彼は自殺するの」

さっきまで、隣で笑っていた彼があと一か月ほどで死ぬ。

その事実は私の心に絡《から》まり、無遠慮に胸を締《し》め付ける。とめどなく溢れる涙を止める術《すべ》は私にはなかった。ただせめて、数メートル先にいる彼に聞こえないよう、泣き声を殺すことで精一杯《せいいっぱい》だった。

その後もメールは続く。

「きっと、いろんなものを背負いこんで、その重さで立ち上がれなくなったんだろうね。

私は彼がその重さに潰されそうな時、気づいてあげることさえできなかった。

だから、あなたには彼の背負っているものを一緒に背負ってあげて欲しいの。全部は下ろせなくても、軽くすることはできるから。

そして彼に伝えて欲しいの。

あなたは、一人じゃないんだって。

具体的な手立ては何もないけど、どうにか彼を助けてください。

彼のため、そして私とあなたのために」

このメールを読んでから数日後、メディアでは慶ちゃんのことが放送されていた。

彼は何もないふりをしていたけど、それはせめてもの逃避《とうひ》だったと気づくことができた。


それから何もできない日々が続いた。

どんな言葉で励《はげ》ましたらいいか、彼に何をしてあげればいいのか。

その間にも彼の死は迫ってくる。

とりあえずなんでも行動に移そう。

そう思った私はまず、誕生日に彼を一人にしないこと、ただそれだけを考えた。

そして、誕生日会と称《しょう》して彼を私の家に誘《さそ》った。

だけど、私は彼に別れを告げられた。

その時に聞いた言葉は紛れもない彼の心の声だと思った。今までに触れたことのない冷たい言葉。

恐怖や悲しみ、嫉妬《しっと》や絶望。

そんな黒い感情が彼を支配してると思うとたまらなくなった。


どうして頼ってくれないの？

どうしていつも一人になろうとするの？

あなたを大切に思ってる人のことも考えてよ。

何一つ彼に伝えられなかった。

もうダメかもしれないと思った。

だけど去っていく彼の小さな背中をみるとそんな気持ちはすぐに消え去った。

私が助けないと。

そう思って私は彼にメールを送った。

一通目は宮部有紀として。

二通目は一年後の綾辻慶介として。

「有紀、慶介くんの部屋から見つかったって」

お母さんから渡《わた》された小さな紙には、彼の文字で、有紀へ、と大きく書かれていた。

「有紀へ
手書きの方が気持ちが伝わると聞いたので、手紙を書いてみました。

自分がこの言葉を遣うなんて思ってなかったけど、この手紙を読んでいるということは僕はもうこの世にいないんだな。

いろいろ、言いたいことはあるんだけどあんまり書くと終わらないから手短に済ませることにするよ。

有紀、別れようなんて言ってごめんな。

僕は有紀のことずっと好きだったけど、ごめん。どうすればいいのかわからなくて。君を悲しませた。

それと、先に死んでごめんな。

ほんとはずっと有紀のそばにいて、有紀が僕を助けてくれたみたいに有紀が辛い時に助けてあげられるようなかっこいい男になりたかったんだけどな。僕は最後まで有紀に助けられてばかりだったね。


最後に、嘘つかせてごめんな。


最初は本当に未来から送られてきたのかもって思ったけど、そんなことありえないからね。

あのメールが有紀からだと気づいたのは新薬の話からだった。前にも言ったけど新薬は一か月じゃできない。有紀は意外と世間知らずだし、あんな嘘をつくのは有紀ぐらいしかいないと思ったんだ。

だけど、その明らかな嘘だからこそ僕は救われたのかもしれない。

僕を必要としてくれている、助けようとしてくれている人がいることに、僕はようやく気づくことができた。

有紀、最後まで生きる希望をくれてありがとう。本当にありがとう」

手紙のところどころに、水滴《すいてき》のような染みがあった。文字が滲《にじ》んでいるところもあった。

私の涙じゃない。きっと、彼がこの手紙を書いているときに人知れず流した涙だろう。

彼は誕生日以来、涙を流さなかった。彼はどんな思いでこの手紙を書いたのか。

私は耐《た》えきれなくて手紙を胸に抱え込む。薄《うす》い手紙の、空虚《くうきょ》な感触だけが残る。

知らずに溢れだしていた涙は私の頰《ほほ》を伝い、手紙へと落ちた。

ちょうど彼の涙の跡《あと》と重なって私は、私は涙ぐむ。

「もう一度だけ、手をつないで歩きたかったな」

そう呟いた私の声は誰にも届くことなく、風と共に去っていった。

［ 5分後に感動のラスト ］

Hand picked 5 minute short,
Literary gems to move and inspire you

君と僕の二百年の恋病《こいやみ》

唯乃いるま

人にとって一番見られたくないのは胸に秘めた初恋の思い出なのかもしれない。恥《は》ずかしいとも違《ちが》う。過去の甘《あま》い甘い恋はいつの日も大切にとっておきたい思い出で。

だから。それを安易に人に覗《のぞ》かれるというのは、初恋の思い出を踏《ふ》みにじられるような、そんな気が私はしている。

小学生高学年の頃《ころ》、下関の田舎《いなか》で出会った青年に私は恋をしていた。いや。今も恋をしている。彼と会うのは小さな頃から山の上にある神社だった。

彼は平成の時代に似つかわしくない程の古風な着物姿だったのを今でもたまに夢に見る。

今年で二十歳《はたち》になったというのに、未《いま》だにその頃の青年に恋い焦《こ》がれている私は当然、恋人ができたためしがない。しかも、その青年とは中学生に上がる頃から出会えなくなってしまった。

今思えば神社に住んでいる人か、それとも余りにも古風な服装からその神様なのかもしれない――そんな風に思うこともある。

私が彼と別れることになった原因は私だった。神社の境内《けいだい》から見える帰り道、夕暮れの田舎道。誰《だれ》も通っていないような静かでゆっくりとした時間が、夕方から夜に変わろうとしていた。

私はいつもよりも長くそこに居ついてしまった為《ため》に急いでしまっていた。

夜に帰れば両親だけではなく心配した祖父に怒《おこ》られてしまう。青年に別れを告げて神社の階段を駆《か》け下りていったところで私の意識は途絶《とだ》えてしまった。両親の話では階段から足を踏み外してしまったらしく。奇跡《きせき》的に胸の辺りを少し切っただけで大事には至らなかった。

その時の記憶《きおく》はとぎれとぎれだったけれど、私が確かに覚えているのは彼が悲しそうに言った「ごめんね」という言葉だった。それが何を意味しているのか気にはなっていても今では確かめようがない。それからは田舎に行くことはなく、次第《しだい》に祖父母とも疎遠《そえん》になってしまった。

「あんた、いい歳《とし》なんだからそろそろ恋人とかそういうのつくったらどうなの」

そう母は二人きりの夕食になると定期的に言う。

「好きな人がいないいんだから仕方ないでしょ」と、私はそっけなく言う。

母は毎度のことだけれど呆《あき》れた様子で私との会話を切り上げてバラエティ番組に集中し始める。食事を終えると私はそそくさと逃《に》げるように自分の部屋へと移動した。いたたまれない。と言うよりも私の恋愛に口を出されるのは癪《しゃく》だからという気持ちの方が大きい。

父は父で、恋人ができないことに一人娘《むすめ》だからか安心したような素《そ》振《ぶ》りを見せる。それはそれで癇《かん》に障《さわ》るのだけれど。

机の上に広げた大学の民俗学《みんぞくがく》についてのレポートを手に取りながら、どうしてもあの人のことを考えてしまう。

私が中学に上がる前だから今なら三十代くらいのいい大人だろうか。あの後、彼は叱《しか》られてしまっていないだろうか。もう八年も昔のことなのに今でも気にしてしまうのはおかしいだろうか。机の上に置かれた鏡がふいに視界に入る。

幼少の頃についた傷は不思議な文字のようにも思える痣《あざ》になっている。

鏡越《ご》しに胸元の痣に触《ふ》れるとなぜだかとても安心する。

心が安らぐような気分に浸《ひた》れて嫌《いや》なことがあった日やストレスが溜《た》まった日でも痣に触れるだけで、憑《つ》きものが落ちたように安心した気持ちになれる。

この痣のおかげで私はどんなに緊張《きんちょう》する場面でも落ち着いて話すことができるようになっていた。

だからか、よく周囲には「年齢《ねんれい》の割に落ち着いているね」と言われて、次第に私の落ち着きは人を集めていき、いつの間にか人の悩《なや》み事や愚痴《ぐち》を聞く状態になっていた。

しかも、私に相談すれば大体が良い方向に行くのだと、変な噂《うわさ》まで立ってしまっている。それはそれで、私としては良いのだけれど――。

私の中ではいつの間にか人の悩みを聞くのが使命になっていた。

そして、それが今ではカウンセラーを目指して日々を過ごしている。

よく人から相談を受ける私にも苦手なことがある。それは幸せになるあまりに盲《もう》目《もく》になってしまった人。

「恋愛は人を盲目にさせてしまうってよく言ったものね」

人のことを言えないけれど、携帯《けいたい》を取り出すと友人の惚気《のろけ》発言がＳＮＳで流れてくる。

ただ、私はこの二人の恋愛は否定的だ。妬《ねた》んでいるとか羨《うらや》ましいわけじゃなくて。今までの経験上、他人に惚気まくる人ほど別れるのは早いからだ。

それは今まで見てきた友人たちの恋愛から思い知らされていた。とてもいい人であっても心のかたちが合わないのか退屈《たいくつ》になってしまったり、逆に喧嘩《けんか》が絶えなくなったり。その度《たび》に傷ついた友人たちを見るのは悲しく辛《つら》い。

いつもは相談を、話を、と聞いてくれる友人たちも恋愛になると途端《とたん》に話を聞かなくなってしまうのは仕方ないのかもしれない。

私だってあの青年のことが頭から離《はな》れないのだから。そんなことを思いながらひたすら友人の惚気発言を見ていると、ふと寂《さび》しさから彼に会いたくなった。

会いたいと望んでも会えるわけでもないのに。いや、それは嘘《うそ》だ。レポートを書く気にもなれない私はベッドの上で横になった。梅雨《つゆ》独特の少し湿《しめ》った布団が妙《みょう》に肌《はだ》に障って気持ちが悪い。

「そもそも、会いに行かないのは私の方じゃない」

私は目を瞑《つぶ》った。アルバイトで貯めたお金は遣《つか》われることが殆《ほとん》どなく通帳に貯め続けられている。来月からは夏休みなのだから、時間もある。それなのに、なんで私は行く気になれないのだろう。

もしかしたら怖《こわ》いのかもしれない。会えないならまだ良い。忘れ去られていたとしたら、私とのことが心の傷になっていたりしたら。それだけで、田舎へと行く気力は減っていってしまう。

それでも、会いたい。これは我が儘《まま》だ。もしかしたら八年という月日が彼と私の間に途方もない距離《きょり》を置いてしまったかもしれない。それでも、このまま一生を終えてしまって良いとも思えない。そう考えていた時、急に部屋のドアをノックされた。

「みすず、起きてる?」

「なに?」

「開けるわよ」と母は私の返答を待つことなく扉《とびら》を開けた。いつもなら鬱陶《うっとう》しいと言わんばかりに顔を曇《くも》らせるのだけれど、その時の母の表情は、心の色が限りなく曇っていた。

――何かあったのだろうか。「どうしたの。なんか顔色悪いよ、お母さん」

「さっきね、電話があったのよ」

「誰から?」

「おじいちゃんから。覚えてる? 小さい頃に何度か遊びに行ったの。それでね、ついさっきお母さん……みすずにとってはおばあさんね。おばあさんが息を引き取ったのよ」

そう母は一気に言うと少し涙目《なみだめ》になりながら、「具合がずっと悪かったみたいなんだけれど。心配かけたくないって連絡《れんらく》してくれなかったのよね」と言った。

私はなんとも言えない気持ちになる。田舎での思い出は祖父母よりも彼と遊んでいた記憶の方が多くて、どこか他人事《ひとごと》のような気持ちだった。

「それなら。お葬式《そうしき》、行かないとね」

私がポツリと言う。

「そうね」

と母は悲しげに言った。


父が帰ってきたあと、祖母が亡くなったことを父と話し合った。生憎《あいにく》、父は明日も仕事があるそうで葬儀《そうぎ》にはどうしても出られないらしい。

私と母だけで葬儀に行くことには特に抵抗《ていこう》もなかったし、父が葬儀に出ないのを薄情《はくじょう》だとも思わない。ただ母は少し不満そうだった。

話し合いが終わったのは二十四時過ぎだ。部屋の中で私は明日持っていく物を準備し終わるとぼうっとしていた。

――そろそろ寝《ね》ないと明日が辛いかな。

そんなことを考えてはいるものの、眠気《ねむけ》はやってこなかった。手持ち無沙汰《ぶさた》な時間に悩みながらふと、彼に会わないまでも手紙をあの神社に置いておくことくらいはできるだろう――そう思った私は机の引き出しから長らく使われていなかったレターセットを取り出した。

机に向かい、どう書こうか悩む。それと同時に葬儀なのにこんなことをして不謹《ふきん》慎《しん》ではないか、という罪悪感を抱《いだ》いていた。それでも、この機会を逃してしまったら、もう二度とあの神社には行けないかもしれない。なんとなく私の胸にはそんな予感めいた気持ちがあった。

なんとか手紙を書き終える頃には窓からは夜の暗闇《くらやみ》ではなく朝を告げる光が部屋の中を照らし出していた。

ああ、しまった。結局寝《ね》られなかった。こうなったら行きの新幹線で少し仮眠を取ろう。洋服を着替《が》えて喪服《もふく》などの必要な物をカバンに詰《つ》めて下の階に持っていくと、まだ五時だというのに母は既《すで》に起きて準備をしている。

「おはよう。お母さん早いね」そう言うと母は私がこんなにも早く起きてきたのを驚《おどろ》いたのか一瞬《いっしゅん》、ビクッと体を震《ふる》わせてから「あんたちゃんと寝たの?」と心配そうな表情で私を見てきた。

「それはこっちのセリフだよ。お母さんこそちゃんと寝られたの？」

「それがね、今日のことを考えると中々寝られなかったのよ。ほら、家事とか全部おばあさんがやってたでしょう。おじいさんだけで暮らしていけるのかなって不安でね」

「今の時代ならヘルパーさんとかもいるんだし大丈夫《だいじょうぶ》じゃないかな。それに、おじいちゃんの親戚《しんせき》って結構多かったような気がするけど」

「まぁ、そうなんだけどね……しばらくは様子みておじいちゃんのところにいようかしら」

それも一つの方法だなぁ。と思ったけれど、そうなると私は良いとしてお父さんが生活できなくなってしまうような気もする。そして結局は、今、考えたとしてもどうしようもない。という結論からその話はここで終わりになった。

それから、新横浜発の新幹線に乗り私は八年ぶりの田舎へとやってきた。当時は田舎がどこにあるのか解《わか》らなかったけれど、新横浜駅から新下関市の小倉駅に到着《とうちゃく》して、そこからワンマン電車にゆられながら無人駅へと到着した。

電車から降りてみると一気にむわっとした草の香《かお》りが鼻に入る。田んぼだらけのそこは、どこか懐《なつ》かしいようで新鮮《しんせん》な気分になる。

「ここから歩き?」

「何言ってんの。ここから歩いていったら大変よ。今、タクシーを呼ぶから待ってなさい」

そう言うと母はどこかに電話をしにいってしまった。その間暇《ひま》になった私は、近くにバスが出ていることに気づいた。しかし、時刻表は殆どがまっさらで朝と夕方に数本出ている程度だった。

舗装《ほそう》されている駅の周辺には開いているお店はなく、近くのコンビニまではかなり歩いて行かないと到着しない様子だ。この状況《じょうきょう》でどうやって暮らせるのだろうか。

私が疑問に思っていると母は電話を終えてかこちらに戻《もど》ってきた。

「今日は夏日ね。少しくらい雲があったほうが良かったんだけど」

「そうだねぇ、セミの鳴き声が聞こえそう」

「ここは余り変わらないわね。昔はそこが駄菓子屋《だがしや》さんでここに来る度に貴女《あなた》にお菓子を買ってたのよ」

そんな話をしていると遠くの方から黒いタクシーが一台だけやってきた。私たちは話を切り上げ乗り込《こ》む。母は聞いたことのない住所を運転手さんへと伝えた。何もない、田んぼと山だけの道をタクシーが通り過ぎていく。

対向車もいなければ先に走る車もいない。途中から、舗装されているもののアスファルトが欠けていて段差がある道路へと入り、車酔《よ》いしないように私は遠くを見ながらやり過ごした。そんな時間が十五分ほど続いて、ゆっくりと車は一軒家《いっけんや》の前で止まった。

記憶にはおぼろげではあるものの、懐かしい。そんな気持ちが私の胸をいっぱいにさせる。喪服を入れたカバンをもって辺りを見回すと、家から神社まではかなり遠かった記憶だったのに、すぐ向かいの坂の上にいつも行っていた神社があることに気がついた。

記憶というのはあまりアテにならないものだなぁ。母がタクシーを見送ると、チャイムも鳴らさないでそのまま玄関《げんかん》の扉を開けた。

「ちょっと、お母さん。チャイムくらい鳴らしたら?」

「なんで自分の家なのにチャイム鳴らすのよ。おかしな子ね」

そう言って笑いながらスタスタと古い一軒家の土間の中へと入っていく。私も母に釣《つ》られて入っていくと土間の先にある襖《ふすま》から祖父が顔を覗かせた。

「えらい遠くから来たね。疲《つか》れたろ、はよ上がりなさい。みんなもういるから」

年老いた祖父は杖《つえ》を突《つ》きながら私たちを迎《むか》え入れてくれた。招かれるまま入っていくとそこには数組の家族が大きな畳《たたみ》部屋に集まっていた。机には様々な料理とビールが所狭《ところせま》しと並んでいた。

私たちはそれぞれ家族に挨拶《あいさつ》をすると、奥《おく》の方の部屋で喪服へと着替えた。それからは、どこにでもある葬儀なのだろう。お坊《ぼう》さんが来て、お経を上げて市の火葬場に祖母は連れて行かれ、そして白い骨になった。

悲しみよりも虚無《きょむ》感《かん》が私の中にはあった。夕方の日差しを浴びながら骨壺《こつつぼ》に入ったおばあちゃんを抱えた母が、涙をこらえているのがとても印象的で、家に到着したあともしばらく母は仏壇《ぶつだん》の前に置かれた骨壺を眺《なが》めていた。

祖父たちはまるで悲しさを隠《かく》すように紛《まぎ》らわせるようにお酒を飲んで昔話に明け暮れる。ああ、そうだ、この時間がとても退屈で、私はよく抜《ぬ》け出して神社で遊んでいたんだ。少ししんみりした気持ちのまま私はこっそりと家から抜け出すと既に夕日が傾《かたむ》きかけた中で神社へと向かった。


神社への階段は急で、よく私はここから落ちて助かったものだな。と上りながら思う。カラスの鳴き声は遠く、どこか幻想的《げんそうてき》な雰囲気《ふんいき》のする空間はとても心地が好かった。

長く続く階段の前にある石製の鳥居を潜《くぐ》ると風がまるで私を神社に呼んでいるかのように背中を押《お》す。突風によろけながらも階段を上りきり、境内との境にある赤い鳥居を潜るとあの日と変わらない懐かしい神社がそこにはあった。

——ただ、あの人の姿はそこにはない。うん、解ってた。

私はそのまま境内の中程にある社に腰《こし》を据《す》えると閉じられた社を背に暮れる夕日を眺めた。

そう言えばここには社務所がないんだ。神主の息子さんであればまだ、関わりようがある。

でも、村の人ならもうこの土地に住んでいる可能性も少ない。ため息を吐《つ》きながら日が完全に落ちてしまう前に家に戻ろうと立ち上がったその時だった。


「もし」


「え?」と振り返ると社の閉まっている先からまた「もし。君はいつかの子か?」と声が聞こえた。

その声を聞いた瞬間、私は嬉《うれ》しさが心の底から湧《わ》き上がってくるのを感じた。彼だ。あの青年が扉の向こうにいる。

でも。なんで扉の向こうにいるのだろう。私が社の扉に手を掛《か》けようとした瞬間、彼は慌《あわ》てたように言った。

「病でここにいるのです。伝染《うつ》ってしまう。どうか扉は閉めておいて欲しい」

「病って病気ですか⁉　大丈夫なんですか？」

「大丈夫。それにしてもいつぶりだろうね」

彼は少しばかり苦しそうにそう言う。こちらからは見えないけれど、きっと彼からは私が見えているのだろう。八年ぶりの再会がこんなにも簡単に叶《かな》うなんて。私は嬉しくて涙が出てきそうになるのをぐっとこらえた。

「貴男《あなた》は少し老けたのでしょうか……なんて言ってみたりします。あはは」

と笑いながら冗談《じょうだん》めいて言う。

「何を言ってるんだい。老けるほど歳はとってないよ」

彼も笑いながら答える。

いつまでも話していたい。そう思いながらも時間は残酷《ざんこく》にも暗く夜の帳《とばり》を下ろそうとしていた。

「今日はもう行きなさい。夜は真っ暗だから」

そう彼に言われて、私は社の扉にある隙間《すきま》から昨夜書いた手紙を差し込んだ。

「これは。随分可愛《ずいぶんかわい》らしいですね」

「はい。お気に入りの便箋《びんせん》です。あの、返事はいいので――」

「いや、折角《せっかく》の頂戴《ちょうだい》した文なのだから返事はするよ」

「ありがとう、ございます」

私はそれだけを言うと社の中で見ているだろう彼にお辞儀《じぎ》をして立ち去った。明日また会えると思うと胸が高鳴る。祖母の葬式だというのに、本当に不謹慎だな。なんて自分を少し窘《たしな》めながら階段を転ばないように下りていく。

家に到着すると祖父たちはへべれけになりながらも話を盛り上げていた。その時、その中でも一番若い四十代の叔父《おじ》さんが私を見つけると「またあの神社に行ったん?」と笑いながら話しかけた。「はい。あそこはどうしてか好きなんです」

私がそう答えると叔父さんはデリカシーなく、あの神社は昔の流行病《はやりやまい》にかかった人を捨てた場所なんだと話し始めた。それも楽しそうに言うものだからとても癪に障る。

私の怒《いか》りが通じたのか、実際に表情がひどく歪《ゆが》んでいたせいか解らないけれど、叔父さんは気まずそうに話すのをやめて「怪我《けが》はせんようにね」と偉《えら》そうに言った。

その言葉に返事をしないまま、私は奥の部屋へと入ると溜まった怒りを昇華《しょうか》しようと彼のことを考えた。


その日の晩は母と共に寝ることになった。布団に入った母に私は布団の中から思い出話を話してみた。

「そう言えばよく、ここに来た時は神社でお兄さんと遊んでもらったけど、あの人どこの家の人なの？」

「何言ってんの。あんたが小さい頃にはここもじいさんばあさんだけで若い人なんていなかったわよ」

「え。でも小さい頃よく神社で遊んでもらってたんだけど……」

「狐《きつね》にでも化かされてたんじゃない？　あんた、そのせいで怪我して大変だったんだから」

ああ、その話をしたいんじゃない。私の怪我が大変で心配した話なんて昔から聞いていた。聞き飽《あ》きていた。それでも、母の言うことが確かならあの青年はどこから来たのだろう。

もしかしたら本当は神社の神様なのかもしれない。そう思っているうちに「神社に行くのは構わないけど、怪我はしないでよ」と母は言って眠りについてしまった。

その夜は不思議な夢を見た。あの神社に社務所があって、着物を来た人たちが社の中でお祓《はら》いをされている夢。私は社から離れた境内でただ見ているだけだった。

その中にあの青年を見つけて私ははっと驚いた。

その瞬間、私は上半身ごと体を起こしてしまったらしく起きた状態で目を覚ました。既に朝日が出はじめていて、近くから雀《すずめ》の鳴く声が聞こえる。なんとなく胸騒《むなさわ》ぎがした。

部屋を出てみると祖父たちは広い畳部屋で雑魚寝《ざこね》をしている。時計を見ると朝の四時半を過ぎた頃だった。

寝ている人たちを起こさないように私はそっと玄関の扉を開けると、そのままの足で神社へと向かった。階段を急いで上り、境内の中に飛び込むように入る。閉まった社の前にやってくると、息が切れているのにやっと気がついた。「もしもし。あの——起きていませんか?」

そっと社の扉に手を置く。

「……」

返事はない。いや、そもそもおかしいはずだ。病なら今の時代、神社の中に入れるなんてしない。

ギイッと扉がゆっくりと開く。

じゃあ彼は誰なんだ。ゆっくりと開ききった社の中は既に大半が朽《く》ち果てていた。

私はよろけながらその場に座り込んでしまった。

「貴男はいったい誰だったんですか」

泣きそうになるのは相手が人じゃないからではない。ただ、もう会えないことが解ってしまったから。それが悲しくて仕方がなかった。ふと涙にぼやけた視線の先に大きな石が見えた。その石の下には紙が置いてある。

なんとなく石をどけて、その古めかしい紙を手に取ると、そこには綺麗《きれい》な文字で書かれた古い手紙がそこにあった。

「嘘を吐いて御免《ごめん》。私の体はもうもたないんだ——。不思議な衣服を着た君が来た時には、日に日に背丈が伸《の》びる君が来た時には、ここの神社の神様なのだと思ってしまった」

「私も貴男がここの神社の神様だと一瞬だけ思いました。人ではあったのですね」

「でも違うんだね。君は、君の手紙に書かれていた年号は意味不明だった。馬鹿《ばか》な話だけれど、君は未来からやって来たのか。なんて思ってしまいます」

「貴男は過去の人……そうじゃないと貴男の古めかしい姿は到底納得《なっとく》がいかないです」

「不可思議なことに君がここに来た七日間、昼頃になると私の周りには誰もいなくなってしまうのです。その後、君が現れるのです。それも日に日に大きくなる君はとても可愛らしかった」

「貴男と私が出会えるように神社の神様が私たちの時間を捻《ね》じ曲げちゃったんでしょうか。貴男はずっと変わらない貴男でした」

「君がこの時代の人ではないのを確信したのは、君が六日目に来た日、階段から滑《すべ》り落ちた君の手を掴《つか》もうとした時、咄嗟《とっさ》に出た手は確かに君を掴んでいたのに。すり抜けたのです」

「ああ、貴男は助けようとしてくれたのですね」

「境内ではお互《たが》い触れ合えたのに不思議ですね。あの後、君を抱きしめて謝ったのは聞こえていたのでしょうか？」

「聞こえてますよ。でも、貴男が謝ることではないはずです」

「あの後、私は必死に君の無事を祈《いの》っていました。するとまた不思議なことに不可思議な姿の女性が現れたのです。ボロボロになった君の身体に手を置いた女性がいたのは覚えていますか？」

「その辺りの記憶はないんです」

「あれは、きっと神様だったと思います。だって、女性が触れた後に君の傷は殆どなくなったのですから。ただ、きっともう会えないと思っていました。だって神様が私たちのすれ違った時間に気づいてしまったから」

「それでも、昨日。貴男にとっても昨日。会えましたね」

「でも死ぬ前に君と会えた。でも、残念だけれど私は明日の朝日は浴びられないだろう。私の体はそれほどに悪化してしまっている。それでも、最後に初恋の君に逢《あ》えたのは幸運だったと思う。ありがとう。文化拾四年七月参拾日――」

「私も――」

何か手紙に言おうとしても声が出ない。出るのは泣きじゃくる私の言葉にならない声だけだった。チグハグになった時間の中で、出会えてた彼との恋は両思いでも叶わない恋で。それも、もう終わってしまった。悲しいけれど、遠い昔に亡くなった時間を超《こ》えて出会った彼を思いながら私はその日、胸元の痣に触れながら泣き続けた。

［ 5分後に感動のラスト ］

Hand picked 5 minute short,
Literary gems to move and inspire you

隣《となり》の家のホームレス

蓮丸

「遊びに行ってくるね！」

そう言って家を飛び出そうとする僕に、台所からお母さんの怒鳴《どな》り声。

「宿題は⁉」

帰ったらやるからと言うと、不満そうではあったけど、最後には笑って行ってらっしゃいって言って、帽子《ぼうし》を被《かぶ》せてくれた。


前のお母さんだったら、絶対にあり得ない。


外に出ると、むわっとした暑さ。

自転車のロックを外してると、それだけでもう汗《あせ》ばんできた。

クリスマスにお父さんが買ってくれたサッカーボールをカゴに入れて、自転車をこぎ出す。

隣の建築中のアパートが視界に入った。

いつもなら、見ないようにしてるのに。

僕は、アパートが完成に近づくのを見るたびに、寂しい気持ちになる。

もう帰って来ないんだと、実感してしまうから。

僕の大好きな、隣の家のホームレスが。


僕の住んでる家は、都内から電車で一時間ほど。

ベッドタウンって言うんだっけ。

僕が小学校に入るのに合わせて、引っ越《こ》してきた。

その頃《ころ》はまだ建築中の家も多くて、家と家の間に空き地もあったりした。

ほとんどが皆《みんな》、初めましてだったけど。

それが逆に良かったのか、近所の子供達は皆すぐに仲良くなった。

お父さんは、通勤は大変になるけど、これからはもっと仕事を頑張《がんば》らないとなって笑ってた。

お母さんも、新しい台所でもっとお料理頑張っちゃうって笑ってた。

ご近所の中でも、僕の家は大きい方ではなかったけど、僕の部屋もあって嬉《うれ》しかった。

ここに来てしばらくは、本当に皆にこにこして楽しかったんだ。


でもそれも、ずっとは続かなかった。

お父さんが頑張って課長ってのになると、仕事が凄《すご》く忙《いそが》しくなった。

前住んでたアパートより会社が遠くなったから、帰って来ない日も増えた。

お母さんは、周りを凄く気にするようになった。どこどこの旦那《だんな》は同じ歳《とし》なのにもう部長だとか、誰々《だれだれ》さん所の子は習いことも沢山《たくさん》してるのに、勉強も出来るとか。

お父さんとお母さんが喧嘩《けんか》をすることが、凄く多くなっていったんだ。


そんな時、僕は部屋に行ってベッドで頭まで布団を被った。

最初は嬉しかった自分の部屋。なくても良いから、前のアパートに帰りたいと思った。

お父さんとお母さんが仲良くしてた、家族の距離《きょり》が近かったあの家に。


四年生の夏、隣の空き地に青いビニールの小屋が建った。

その頃には、もうそこ以外に空き地はなかったし、僕の家の隣の空き地は凄く目立つようになっていた。

そこは僕達子供にとっては、お気に入りになっていたんだ。

うちの家を三軒《けん》並べても、まだ余裕《よゆう》があるくらいの広さ。

そこだけがぽっかりと空き地になってるままだったから、どれだけ大きな家が建つのかって皆噂《うわさ》してた。

最初の頃はサッカーしたり、キャッチボールしたりしてると大人に怒られた。

でも、いつまで経っても誰も引っ越して来ない空き地のまま。

いつの間にか、そこで遊んでても怒られなくなっていた。

だから、ビニールの小屋が出来た時は、凄く嫌《いや》だった。

大人達は、やっと家が建つのか、どんな金持ちが越してくるのかって、楽しそうに話してたけど。

空き地の真ん中、奥《おく》の方に小屋が建ってから、しばらく経っても工事は始まらなくて。

僕達は、大人に叱《しか》られながらもそこで遊んでいた。


その日も空き地で遊んでいた。

一人のおじさんが小屋の中から出てきたんだ。

僕達は怒られると思って、慌《あわ》てて謝った。

でも、おじさんはにこにこ笑って、これからも気にしないで遊んで良いって言ってくれたんだ。

それが凄く嬉しくて、僕達はおじさんとすぐに仲良くなった。

誰が決めた訳でもないけど、おじさんに挨拶《あいさつ》してから遊ぶようになった。

雨で遊べない時は、中にも入れてくれた。

僕の部屋二つくらいの広さだけど、中には台所もあったし、テレビや冷蔵庫もあった。ボックスみたいな不思議な形のシャワールームまであったんだ。
おじさんは、お菓子《かし》をくれたり紅茶を淹《い》れたりしてくれた。
他の大人と違《ちが》って、楽しそうに僕達の話を聞いてくれる。
僕達はおじさんが大好きだった。

でも、ある日お母さんに凄い勢いで怒られた。もう二度と隣の空き地に行くんじゃないって。

他の子供達も、皆同じだったみたい。
僕の家の隣の空き地には、ホームレスが住み着いたって噂になっていたんだ。
ホームレスって言葉に、大人達は敏感《びんかん》に反応して、嫌そうな顔をする。
でも、僕達はそう思えなかった。
だって、おじさんはいつも綺麗《きれい》なかっこをしてるんだ。
お父さんが会社に着ていくスーツより、シワのないズボン。
真っ白なシャツ。

子供の僕ですら、カッコいいなって思うようなお洒落《しやれ》な服。

休みの日のお父さんより、よっぽどちゃんとしてる。

それに、小屋の中にあるテレビは僕の家のテレビより大きかった。


おじさんに聞いてみたことがある。

おじさんて、本当にホームレスなの？　って。

おじさんは、最初笑って少し寂《さび》しそうな顔をして、ホームレスだよ。今はね。って答えた。

その時は、僕はまだよく解《わか》らなかったんだ。

小屋だけど、ここが家じゃないの？　って。

そう思ってたから。


何度叱られても、僕達はおじさんに会いに行くのを止《や》めなかった。

大人達は、僕達の為《ため》に良くないって勝手に決めつけて、おじさんを追い出すことにしたんだ。

交番から、警察官のお兄さんを連れて来て、おじさんに出ていくように注意させた。

「こんな所に住み着いちゃ駄目《だめ》だよ。この空き地はまだ家も建っていないけど、所有者に見つかったら大変だよ。君達もお母さん達が心配してるから帰りなさい」

警察官のお兄さんは、僕達にもおじさんにも優《やさ》しい言い方をしてくれた。

おじさんは、お父さんが仕事に持っていくような鞄《かばん》から、書類みたいなのを出して警察官のお兄さんに渡《わた》して見せた。

それから黒いお財布から免許証《めんきょしょう》を出して、渡した。

おじさんの鞄もお財布も、お父さんのよりずっとピカピカだった。

「それなら、ご心配なく。土地の所有者は間違いなく私ですよ」

これには警察官のお兄さんも驚《おどろ》いて、何度も何度も書類と免許証を見返してた。

後からおじさんが言ってた。

権利書を持って来てて良かったたって。

子供の僕達でも、ここがおじさんの土地だってことは解ったけど、それなら何で家を建てないのって聞いてみた。

この家が良かったんだよって、おじさんは笑ってた。


土地の所有者だったって、警察官のお兄さんが大人達に説明したら、もう大丈夫《だいじょうぶ》だと思ってたんだ。

でも、そうじゃなかった。

自治会の偉《えら》そうな太ったおじさんや、真っ赤なフレームの眼鏡《めがね》をかけたお化粧《けしょう》の濃《こ》いおばさんが、おじさんの所に文句を言いに来るようになった。

子供達に悪影響《あくえいきょう》だとか、町の外観を損ねているだとか、色んなことを言いに来た。

だけど、おじさんは全然平気そうだった。

難しい言葉で言い返すと、太ったおじさんも眼鏡のおばさんも、何も言えなくなってプリプリ怒って帰るんだ。

おじさんは、色んなことを教えてくれた。

竹トンボやゴム鉄砲《でっぽう》、遠くまで飛ぶ紙飛行機の作り方。

おじさんが子供の頃の遊び。

テレビゲームとは違うのに、おじさんが教えてくれた遊びはどれも楽しかった。

勉強も教えてくれたりしたんだ。

苦手な算数もイライラしたり、急《せ》かしたりしないで説明してくれる。

おじさんは、僕達のヒーローで先生で友達だった。


だけど、吐《は》く息が白くなった頃だった。

おじさんの小屋に、黒いスーツを着てサングラスをかけた大きなおじさん達が来るようになった。

そいつらが来ると、おじさんは外で遊んでおいでと僕達を小屋から出すんだ。

いかにも悪者みたいな奴《やつ》らとおじさんが一緒《いっしょ》に居るのが心配で、そんな時僕らは小屋の外から聞き耳をたてた。

だけど、聞こえてくる言葉は日本語じゃなくて、僕らには全然解らなかった。

ただ、怒鳴ったりすることもなかったし、暴れたりする音も聞こえなかったから、僕らは大人しく外から見守ってた。

もしおじさんが何かされたら助けに入ろうって、僕達はバットやラケットを持って、いつでも戦える準備だけはしていたんだ。


寒さが厳しくなるほど、スーツのおじさん達が来る回数が増えていった。

おじさんに、困ってるなら僕達が助けてあげるって言ったけど、おじさんは笑って大丈夫だよって言うだけだった。

そんな時のおじさんは、本当に嬉しそうに笑ってくれるから、僕達もなんだか嬉しかったんだ。

スーツのおじさん達が来る回数が多くなると、大人達はもっと嫌な顔をするようになった。

何か犯罪に絡《から》んでるんじゃないかとか、きっと借金とりだとか、言いたい放題だった。

自治会の太ったおじさんや、赤い眼鏡のおばさんだけじゃなく、僕達のお母さん達もおじさんを追い出そうって言い出した。


お母さんは、仕事から帰ってきたお父さんに、おじさんの話をした。

立ち退きの署名運動がどうとか、そんな話をしてた。

ちゃんと聞いてるの!?　って、お母さんがイライラしながらお父さんに言ったのが始まりだった。

お父さんは仕事から帰って疲《つか》れてるんだってお母さんに怒鳴り返した。

お母さんは真っ赤な顔をして、泣きながら負けじと怒鳴り返した。

あなたはいつもそう！　家のことなんか放ったらかしで仕事仕事！　って……。

僕は慌てて部屋に逃《に》げ込《こ》んだ。

いつものように布団を被ったけど、その日の喧嘩はいつもより酷《ひど》かった。

布団を被っても聞こえてくる怒鳴り声。たまに何かがしゃんって大きな音も聞こえてきた。

二人の怒鳴り合う言葉の中に、離婚《りこん》って言葉が聞こえて、どうしていいか解らなくて、怖《こわ》くて、もう聞きたくなくて、静かに家を出た。

玄関《げんかん》の前で、パジャマのまま体育座りをして、声を出さないで泣いてると、おじさんが僕に気付いて小屋に入れてくれた。

そんなかっこで寒かっただろって、牛乳を温かくして、砂糖を入れて飲ませてくれた。

僕は、おじさんにしがみついて沢山泣いてしまった。

おじさんは、僕が落ち着くまで、ずっと背中を撫《な》でてくれてた。

少し落ち着いてから、おじさんは僕の話を聞いてくれた。

その時、初めておじさんが自分のことを話してくれたんだ。

おじさんには奥さんと女の子が居て、家族の為にって、僕のお父さんみたいに沢山仕事を頑張ってたんだって。

頑張って頑張って、社長さんになったんだって。

でも、仕事を頑張ってるうちに、奥さんと女の子と一緒に居る時間が少なくなって、とうとう二人に嫌われちゃったんだって。

奥さんと女の子が居なくなって、やっと大切なことに気付いたって、凄く寂しそうに言ってた。

何の為に自分が頑張ってるのか、頑張ってるうちに忘れちゃってたんだって。

いつもろくに帰らなかったくせに、帰って家に二人が居ないことが悲しかったって。

大きな川の橋の真ん中で、もう死んじゃおうかって考えてたんだって。

僕が顔を青くしてたら、その川の河川敷《かせんしき》に住んでたホームレスのおじさんが止めてくれたんだよって笑ってた。

その後、おじさんの話を聞いてくれたホームレスのおじさんに、お礼をする、社長だからどんなことでもいいって言ったけど、断られたんだって。

家も金もあるようだけど、あんたは俺らと同じホームレスだから、仲間からお礼なんて受け取らねぇって。

おじさんはその意味が知りたくて、ホームレスのおじさん達と同じ生活をしようと思ったらしいよ。

でも、おじさんは社長さんだから、会社の部下にばれて止められちゃったらしい。

それでもおじさんが諦《あきら》めないから、期限付で自分の土地でって約束をして、ここに来たんだって。

黒いスーツのおじさん達は、おじさんのSPってやつだって言ってた。

SPが何かは解らなかったけど、悪者じゃないのは解った。

SP達は、会社の部下からそろそろ連れ戻《もど》せって言われて迎《むか》えに来てたんだって。

でも、おじさんは社長さんで一番偉いから、無理矢理連れてなんて帰れなくて、説得しに来てたって。

僕はおじさんに、ホームレスじゃなかったんだねって言った。

そしたら、おじさんはやっぱりホームレスだよって寂しそうに笑うんだ。

あの時おじさんを助けてくれたホームレスが言ってた通りだったって。

おじさんと話してるうちに、泣きつかれた僕はいつの間にか寝《ね》ちゃったんだ。


いっぱい泣いたし、おじさんとお話ししてて、いつもより夜更《よふ》かししたせいで、僕はぐっすり眠《ねむ》っちゃったみたい。

おじさんに起こされるまで、外がどうなってるか全然気付かなかったんだ。

僕を起こしたおじさんは、いつもと違ってた。

いつも綺麗なかっこをしてたけど、その日はもっとカッコよかった。

スーツにネクタイ、髪《かみ》の毛をきちんとセットしたおじさんは、とっても社長さんらしく見えた。

これから戦いに行くよっておじさんは言った。

まだ半分寝惚《ねぼ》けてて、意味が解っていなかった僕を、優しく抱《だ》き締めてくれた。

我慢《がまん》しないで良い。

ちゃんと自分の気持ちをぶつけるんだ。

おじさんの家族みたいに、バラバラになってしまう前にね。


そう言って、僕が外に出ても寒くないように、おじさんのセーターをパジャマの上から着せてくれた。

柔《やわ》らかくてふわふわなマフラーも巻いてくれた。

おじさんのいつもと違う雰囲気《ふんいき》に、僕は何も言えなかったけど、目が覚めるにつれて外で何かが起こってるのが伝わってきた。

ザワザワと沢山の声が聞こえて、外に沢山人が居るのが解った。

訳が解らないままだったけど、おじさんが大丈夫って力強く言ってくれた。

おじさんと手を繋《つな》いで外に出た。


空き地の周りには、沢山の人が集まってた。

近所の大人達。
警察官のお兄さん。
自治会の太ったおじさん。
赤い眼鏡のおばさん。
それから、お父さんとお母さん……。
外はまだ少し薄暗《うすぐら》くて、空の遠い方が少し明るくなってきていた。
お母さんは、僕を見るなり駆《か》け寄って来て、おじさんから凄い勢いで引き離した。
おじさんを凄い顔で睨《にら》み付けて、この誘拐犯《ゆうかいはん》って叫《さけ》んだんだ。
僕は頭が真っ白だった。
周りの大人達は口々に、野次を飛ばしていた。
いつかこうなると思った。
だから早く追い出すべきだったのよ。
まともじゃない。
僕は違うって言いたいのに、この異様な雰囲気が怖くて声を出せないでいた。

お父さんが警察官のお兄さんに、早く捕《つか》まえろって怒鳴りつける。

警察官のお兄さんが、困った顔をしながらこっちに向かってきた。

そんな警察官のお兄さんの前に、飛び出した子供達。

いつもここで、おじさんと一緒に遊んでる友達が皆で、警察官のお兄さんを通さないように通せんぼする。

騒《さわ》ぎで起きたのか、パジャマのままの子ばっかりだった。


おじさんは良い人だ！

そんなことしない！

おじさんを連れて行かないで！


皆力いっぱい叫んでた。

皆のお父さんやお母さんが、慌ててそれを止めさせようとした。

引っ張ってどかされては、振《ふ》り払《はら》って戻る。

体全体で抵抗《ていこう》したり、手足をばたばたして、大人しく捕まえられないようにする子もいた。

怒鳴る大人達の声と、泣き叫ぶ子供達の声で、辺りは騒然としてる。

僕もそれに参加しようとして、お母さんの手を振り払おうとした。

やめなさい、行くんじゃない、そう止められても何度も何度も。

怒鳴っても聞かない僕に、お母さんが手を振り上げた。


その時、ずっと黙《だま》っていたおじさんが。

もうやめるんだ！　と怒鳴った。

おじさんの怒鳴り声は、どこか威圧感《いあっかん》があって、一瞬《いっしゅん》でそこに居た大人も子供も、ぴたっと静かになった。


皆の視線がおじさんに集中してる。

私の我儘《わがまま》から始まったことが、こんなに大きな騒ぎになったこと、近隣に住む皆様に不快な想いをさせてしまったことは本当に申し訳ない。

そう言って、おじさんはとても深くお辞儀《じぎ》したんだ。

周りの大人達は少しざわっとしたけど、おじさんの雰囲気に飲まれて、それ以上騒いだりせず、おじさんの話を静かに聞いてた。

子供達も、学校の授業でそれだけ静かに出来たら先生は困らないってくらい、誰もしゃべったりしないで聞いていた。

おじさんは僕に話してくれたように、自分が社長であること、どんな風にしてここに来たのかを、僕に話した時より難しい言葉で話した。

短い間ではあったけれど、ここでこうして暮らしたことを良かったと、心から思ってるって言った。

僕達の顔を見回して、表面に捕らわれない子供達の純粋《じゅんすい》な思いやりが、どれだけ救ってくれたか解らない。ありがとうって笑ってくれた。

それから、大人達の顔を見回して、私は今ならなぜホームレスが私を仲間だと言ったのかがよく解るって言った。

私の家は妻と娘《むすめ》が居てこそ、家と呼べたんだと気付いたって、おじさんは静かに一粒《ひとつぶ》だけ涙《なみだ》を流した。


それから、またしっかりとした顔に戻って僕達のお父さんとお母さんに問いかけるように話した。

友達のお父さんを見ながら、この子が初めてテストで百点をとった話を聞いてあげましたか？　って。

別の友達のお母さんを見ながら、この子が苦手だった一輪車に前より上手に乗れるようになったのを知ってましたか？　って。

また別の友達のお母さんを見ながら、お父さんが単身赴任《ふにん》で居ないから、お母さんが寂しいと思うって、必ず五時には帰るようにしてたことに気付いてあげてましたか？　って。

他の友達のお父さんやお母さんにも、同じように問いかけていく。

最後に僕のお父さんとお母さんを見て、前に住んでたアパートの時のように、最後に三人で笑って夕飯を食べたのがいつだったか思い出せますか？　って。

泣きそうな顔で、寂《さび》しかったのってお母さんが聞くから、僕はお母さんにしがみついて泣いてしまった。

ずっと言えなかった気持ちが、一気に言葉になる。

お父さんとお母さんに仲良くして欲しかったこと。休みの日、お父さんとずっとサッカーがしたかったこと。お母さんに前みたいに一緒に楽しく勉強を見て欲しかったこと。

他にも沢山……。

お母さんは泣きながら僕を抱き締めてくれた。

お父さんは黙って俯《うつむ》きながら、僕の頭に手を置いた。

おじさんは、住む場所や環境《かんきょう》を守ろうとすることは大切だけど、自分のようにそれに気をとられて、家族を守ることを忘れないで欲しいって優しく笑った。

空き地の前に、黒い長い車が停まって、おじさんのＳＰ達がやってきた。

おじさんは、もう一度深くお辞儀をしてその車に乗って行ってしまった。

それから三日もしないうちに、おじさんの小屋はなくなっていた。

僕達は、また何もない空き地に戻ってしまったそこで、おじさんが会いに来てくれるのを何日も待っていた。


だけど、ある日おじさんのことが新聞に載《の》ってるのをお父さんが見つけた。

小さなスペースだったけど。

大きな会社の社長さんだから、新聞にも出るんだなってお父さんが言ってた。

おじさんは、重い病気と闘《たたか》ってたんだって。

でも、もう助からないって解った時に、最後にやりたいことをしてきたから、やり残したことはないって言ってたんだって。

お父さんとお母さんは、最後だからあんな無茶をしたんだねって話してた。

おじさんが亡くなったって知って悲しくて、僕は実感はなかったけど沢山泣いた。

泣いてる僕にお父さんが、最後は奥さんと娘さんと一緒に居られたんだってさって教えてくれた。

僕は今度は、悲しい気持ちじゃないのに沢山泣いた。

あんだけ嫌がってたのに、お父さんもお母さんも、もうおじさんを悪く言うことはなくなった。


あれから、お父さんとお母さんの喧嘩は凄く減った。

たまにはするけど。

休みの日は、お父さんがサッカーを教えてくれるようになった。

お父さんとサッカーをしてる時に、おじさんの記事にホームレスって書いてあったの？　って聞いてみた。

お父さんは笑いながらなかったよって。

おじさんみたいな人は、普通《ふつう》ならホームレスって言わないからねって言ってた。

でも、お父さんはおじさんの気持ちも今なら解るよって言った。

僕の頭をグシャグシャに撫で回して、お前とお母さんが居なくなったら、俺もホームレスだって笑った。

お母さんもイライラしないで勉強を見てくれるようになった。

誰かと僕を比べることがなくなった。

前のアパートに居た時みたいに、一緒に笑ってくれることが増えたんだ。

僕のことを抱き締めて、あのおじさんに感謝しないとねって言ってた。

前のアパートの時みたいに、毎日じゃないけど、三人でご飯を食べる日も増えたんだ。


おじさんは、今でも僕のヒーローで、先生で、友達だ。

隣のアパートが完成して、新しい人が住むようになっても、きっと大人になっても、僕は絶対に忘れない。

隣に引っ越して来たホームレスのおじさんのことを。

本書は、小説投稿サイト「エブリスタ」が主催する短編小説賞「三行から参加できる　超・妄想コンテスト」入賞作品から、さらに選りすぐりのものを集め、大幅な編集を施したものです。

本書の内容に関してお気づきの点があれば編集部までお知らせください。info@kawade. co. jp

5分《ふん》後《ご》に感動《かんどう》のラスト

２０１７年７月20日　初版印刷
２０１７年７月30日　初版発行

［編　者］エブリスタ
［発行者］小野寺優
［発行所］株式会社河出書房新社
〒一五一-〇〇五一　東京都渋谷区千駄ヶ谷二-三二-二
☎〇三-三四〇四-一二〇一（営業）　〇三-三四〇四-八六一一（編集）
http://www.kawade.co.jp/

［デザイン］BALCOLONY.
［組　版］一企画
［印刷・製本］中央精版印刷株式会社

ISBN978-4-309-61214-0　Printed in Japan

エブリスタ

国内最大級の小説投稿サイト。

小説を書きたい人と読みたい人が出会うプラットフォームとして、これまで２００万点以上の作品を配信する。

大手出版社との協業による文芸賞の開催など、ジャンルを問わず多くの新人作家の発掘・プロデュースをおこなっている。

http://estar.jp

「5分シリーズ　刊行にあたって」

今の時代、私たちはみんな忙しい。
動画UPして、SNSに投稿して、
友達みんなに返信して、ニュースの更新チェックして。

そんな細切れの時間の中でも、
たまにはガツンと魂を揺さぶられたいんだ。

5分でも大丈夫。
短い時間でも、人生変わっちゃうぐらい心を動かす、
そんなチカラが小説にはある。

「5分シリーズ」は、
5分で心を動かす超短編小説を
テーマごとに集めたシリーズです。
あなたのココロに、5分間のきらめきを。

エブリスタ×河出書房新社

5分後に涙のラスト

感動するのに、時間はいらない――
過去アプリで運命に逆らう「不変のディザイア」ほか、最高の感動体験8作収録。

ISBN978-4-309-61211-9

5分後に驚愕《きょうがく》のどんでん返し

こんな結末、絶対予想できない――
超能力を持つ男の顛末を描く「私は能力者」ほか、衝撃の体験11作収録。

ISBN978-4-309-61212-6

5分後に戦慄《せんりつ》のラスト

読み終わったら、人間が怖くなった――
隙間を覗かずにはいられない男を描く「隙間」ほか、怒濤の恐怖体験11作収録。

ISBN978-4-309-61213-3